NINJA MALGRÉ MOI

Scénario : **RICARDO SANCHEZ**
Sur une idée originale d'**ADARA SANCHEZ**
Dessin et couleur : **ARIANNA FLOREAN**

BIG HUMANO

Ricardo et Adara remercient Fabrice Sapolsky pour ses encouragements
et sa contribution à la création de *Ninja malgré moi*.

Sur **humano.com** retrouvez l'actualité de vos séries, des concours, des lectures gratuites, des making-of et d'autres bonus.

Conception graphique : Jerry Frissen, assisté de Léonor Pardon.
Traduit de l'anglais (américain) par Cécile Hermellin.

NINJA MALGRÉ MOI
Titre Original : *Shy Ninja*
Ce titre est une publication des Humanoïdes Associés.

Dépôt légal mars 2021
Achevé d'imprimer en février 2021 sur les presses de l'imprimerie Livonia (Lettonie).
ISBN : 978-2-7316-4538-5

AVANT-PROPOS

C'est en juillet 2018, alors que j'emmenais ma fille de San Francisco à San Diego pour son premier Comic-Con International, que *Ninja malgré moi* est né – ou, plutôt, que j'ai atterri dans cette histoire.

Los Angeles était derrière nous et San Diego à quelques heures de route. Je lui expliquais à quoi s'attendre : la foule, le cosplay, les heures passées à piétiner. Je l'avais déjà emmenée à des conventions, mais rien n'égale celle de San Diego. Je lui disais aussi que je la laisserais seule par moments, pour qu'elle profite de la convention pendant que je proposais mes histoires à des éditeurs.

Pour tuer le temps durant cet interminable trajet et pour répéter mon pitch, je lui racontais les histoires que j'avais écrites et que j'espérais vendre au Comic-Con : des dinosaures voyageant dans le temps, une intrigue située sur une station spatiale en orbite, et une voiture hantée parcourant le monde. Adara ne m'écoutait qu'à moitié, se concentrant sur le croquis qu'elle dessinait sur son iPad.

« Tu dessines quoi ? », lui demandai-je. Elle leva l'iPad et me montra un robot-éléphant hybride encore inachevé, qui faisait partie d'un thème « Cirque des Robots » qu'elle développait. Elle peaufinait ses aptitudes artistiques depuis quelques années et son travail était remarquable, surtout pour une artiste de son âge. Elle se remit au travail et quelques kilomètres plus loin elle me dit qu'une fois ce projet achevé, elle voulait créer un nouveau personnage : une fille asociale décidant de prendre des cours de ninjutsu en ligne. « Je l'appelle "la ninja timide"[1] », me dit-elle, et elle me parla de ses aventures, de ses compagnons et de son ennemi juré. J'étais sidéré. C'est le genre d'idée qu'un auteur rêve d'avoir eue lui-même quand il l'entend.

Peu après, je rencontrai Fabrice Sapolsky, mon éditeur chez BiG[2], pour lui proposer mes idées. Des dinosaures ! « Non. » De la science-fiction à suspense ! « Ennuyeux. » Une voiture de course hantée ! « Déjà vu. » Et il me dit que ce que BiG cherchait surtout, c'était une bande dessinée jeunesse plus réaliste, moins orientée « comic ». Alors je me lançai et proposai *Ninja malgré moi*, l'histoire d'une fille qui surmonte sa phobie sociale en devenant ninja. Il resta bouche bée. Il eut la même réaction que moi. « Tope-là, me dit-il, on le fait ! » J'avouai que c'était l'idée de ma fille, et qu'il faudrait qu'elle donne son accord. « Encore mieux, répondit-il, vous travaillerez tous les deux dessus ! »

Au bout de presqu'un an d'efforts, je parvins à convaincre ma fille de tirer une bande dessinée de son idée et l'élaboration du plan put commencer. Étant d'immenses fans de *Harry Potter* et de *Percy Jackson*, nous voulions incorporer des aspects de ces livres dans l'histoire, notamment l'idée du jeune héros ignorant son vrai potentiel, tout en gardant un ton plus réaliste : ni magie, ni extraterrestres, ni monstres. À mesure que nous étoffions le personnage de Rena, Adara suggérait des idées sur ses meilleurs amis, sur le méchant et sur la façon dont elle pourrait acquérir ses talents de ninja et je mettais le tout en forme.

Pour son second Comic-Con à San Diego, Adara m'accompagna au rendez-vous avec Fabrice, pour faire le pitch de l'histoire qui a fini par devenir ce livre. Depuis, Arianna Florean a pris le relais pour le dessin et a brillamment réussi à donner vie à Rena, tandis qu'Adara et moi avons développé l'histoire, le monde de Rena et les défis auxquels elle ferait face dans *Ninja malgré moi*.

Nous aimerions tous les deux vous remercier de rejoindre Rena dans l'aventure qu'elle s'apprête à vivre, et espérons que vous aurez autant de plaisir à la lire que nous en avons eu à la créer.

Rick et Adara Sanchez

[1] littéralement "Shy Ninja" en anglais, le titre original de *Ninja malgré moi*.
[2] la collection jeunesse de Humanoids, la branche américaine des Humanoïdes Associés.

EMERGENT TECHNOLOGIES.
J'Y SUIS.

ÇA NE S'OUVRE PAS !
TU AS DÉCLENCHÉ UNE ALARME. SORS !
COOPER AU CENTRAL. FAUSSE ALERTE, SANS DOUTE. LA PORTE EST INTACTE.
OK. RESTEZ SURVEILLER LE HALL JUSQU'À L'ARRIVÉE DE VOS REMPLAÇANTS.
BIEN REÇU.

UNE SEMAINE PLUS TARD.
Q.G. NINJA
AS-TU ACCOMPLI TA MISSION, ANTONIA ? JE VEUX COMMENCER IMMÉDIATEMENT.
OUI, MAÎTRE DYSART.
LE CONSEIL VOUS ATTEND.

MERCI DE M'ACCORDER CETTE AUDIENCE, MAÎTRES. VOUS SAVEZ TOUS QUE SANS LES NINJAS, LE XXE SIÈCLE AURAIT ÉTÉ **TRÈS** DIFFÉRENT.
NOTRE ORDRE A CAPTURÉ HITLER ET MIS FIN AU NAZISME.
UN NINJA A ÉVITÉ **À LUI SEUL** UN TROISIÈME CONFLIT MONDIAL LORS DE LA CRISE DES MISSILES DE CUBA.
MAIS DÉSORMAIS, NINJA RIME AVEC HALLOWEEN.
PERSONNAGE DE JEU VIDÉO.
Ninja Fighter
NOS SECRETS SONT DEVENUS UN **DIVERTISSEMENT**.
Ninja Steel
EN GROS, LES NINJAS SONT **RIDICULES**.

MAIS CETTE FILLE, RENA VILLANUEVA, EST LA CLÉ DE NOTRE RENOUVEAU.
SIX SIÈCLES DE NOTRE DESTIN VONT ABOUTIR À...
UNE ADOLESCENTE ET UNE PROPHÉTIE DU XVE SIÈCLE ? VOUS N'AURIEZ PAS REGARDÉ UN PEU TROP DE FILMS DE NINJAS ?
MAÎTRE, MON PLAN EST PEU ORDINAIRE, MAIS SOLIDE.
RENA VA DEVENIR LE SPECTRE ; PAR SES ACTIONS, ELLE ASSURERA NOTRE AVENIR.

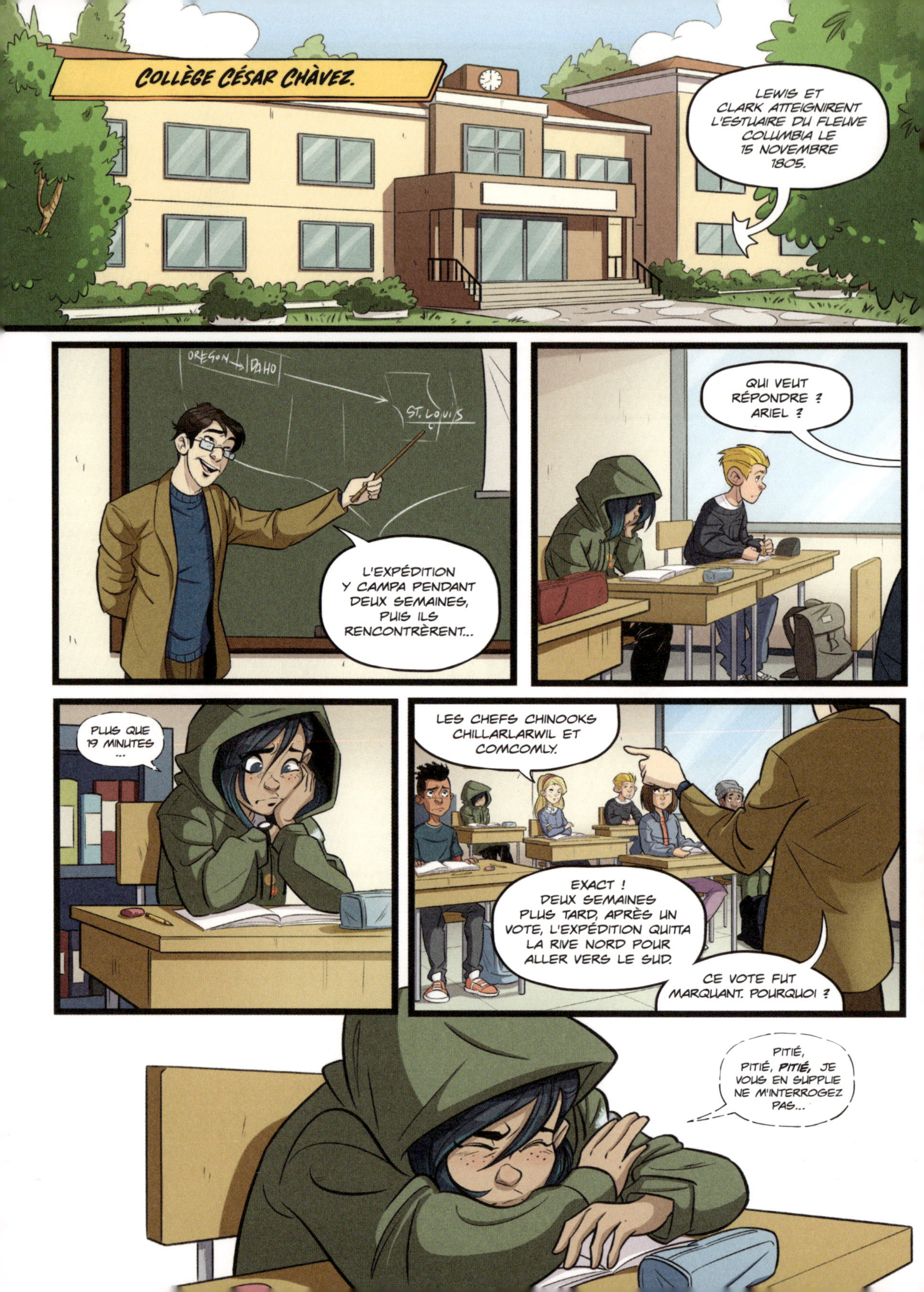
COLLÈGE CÉSAR CHÀVEZ.
LEWIS ET CLARK ATTEIGNIRENT L'ESTUAIRE DU FLEUVE COLUMBIA LE 15 NOVEMBRE 1805.
OREGON
IDAHO
ST. LOUIS
L'EXPÉDITION Y CAMPA PENDANT DEUX SEMAINES, PUIS ILS RENCONTRÈRENT...
QUI VEUT RÉPONDRE ? ARIEL ?
PLUS QUE 19 MINUTES ...
LES CHEFS CHINOOKS CHILLARLARWIL ET COMCOMLY.
EXACT ! DEUX SEMAINES PLUS TARD, APRÈS UN VOTE, L'EXPÉDITION QUITTA LA RIVE NORD POUR ALLER VERS LE SUD.
CE VOTE FUT MARQUANT. POURQUOI ?
PITIÉ, PITIÉ, **PITIÉ**, JE VOUS EN SUPPLIE NE M'INTERROGEZ PAS...

RENA. ON NE T'A PAS ENTENDUE AUJOURD'HUI.
GRRRRR.
RENA ?
HÉ, LA TARÉE.
LA FERME.
J'AI FAIT L'APPEL. JE SAIS QUE TU ES LÀ, RENA.
HAHAHAHAHAHAHAHAHAHAHAHAHA

ÇA SUFFIT !
ALLEZ, RENA.
AVANT QUE ÇA SONNE.
POURQUOI CE VOTE FUT-IL SI MARQUANT ?
C'EST LE PREMIER ...
DÉSOLÉ, JE NE T'ENTENDS PAS.
C'EST LE PREMIER VOTE QUI A EU LIEU À L'OUEST DU MISSISSIPPI. SACAGAWEA ET L'ESCLAVE DE M. CLARK ONT PU VOTER, UN SIÈCLE AVANT QUE LES FEMMES ET LES AMÉRINDIENS N'AIENT LE DROIT DE VOTE.
C'EST EXACT.
RRRRRIIIIING
BON WEEKEND À TOUS.
RENA, PEUX-TU RESTER UNE MINUTE ?
ARGH.
OUI, M. CHANG.

JE SAIS QUE TU PANIQUES EN COURS, MAIS TU AS CONCLU UN PACTE AVEC TON THÉRAPEUTE ET MOI.
TU SAIS QUE TU DOIS LEVER LA MAIN...
... UNE FOIS PAR COURS.
J'ESSAIERAI AU PROCHAIN COURS.
SUPER !
TIENS, J'AI EU CE PROSPECTUS SUR MON PARE-BRISE, J'AI PENSÉ...
... À TOI.
C'EST DINGUE, CETTE FILLE SAIT VRAIMENT DISPARAÎTRE QUAND ELLE VEUT.

Collège César Chàvez
ALLEZ, RENA.
ON VA ENCORE ÊTRE EN RETARD.
T'ES UN PEU DISTRAITE, NON ?
OH ! MERCI. ÇA A ÉTÉ AU COLLÈGE ?
BOF, L'ÉDUCATION RÉDUITE À SON STRICT MINIMUM. PEUT-ÊTRE QUE SI J'ÉTUDIAIS PAR MOI-MÊME, ***À LA MAISON...***
LE DR. MENOLY A DIT...
BLA BLA BLA ! ***PAS BESOIN*** DE PSY. JE SUIS PAS UNE TUEUSE EN SÉRIE.
PERSONNE NE DIT ÇA ! TU ES JUSTE ***TIMIDE***. LE DR. MENOLY PEUT T'AIDER.

CABINET DU DR. MENOLY.
BONJOUR, RENA. COMMENT VAS-TU ?
ABSOLUMENT RAVIE D'ÊTRE LÀ, DR. MENOLY.
ALORS, TU T'ES ENFIN INSCRITE À UNE ACTIVITÉ ?
NON. ET VOUS, VOUS AVEZ ENFIN AIDÉ QUELQU'UN ?
JE VOIS QUE TU AS BIEN FAIT TES EXERCICES D'AFFIRMATION DE SOI.
AU DÉBUT DE NOS SÉANCES, TU M'AS DIT QUE TA PHOBIE SOCIALE T'EMPÊCHAIT D'ALLER AU CINÉMA. JE SUIS DANS UN CINÉCLUB. IL Y EN A PEUT-ÊTRE UN AU COLLÈGE ?

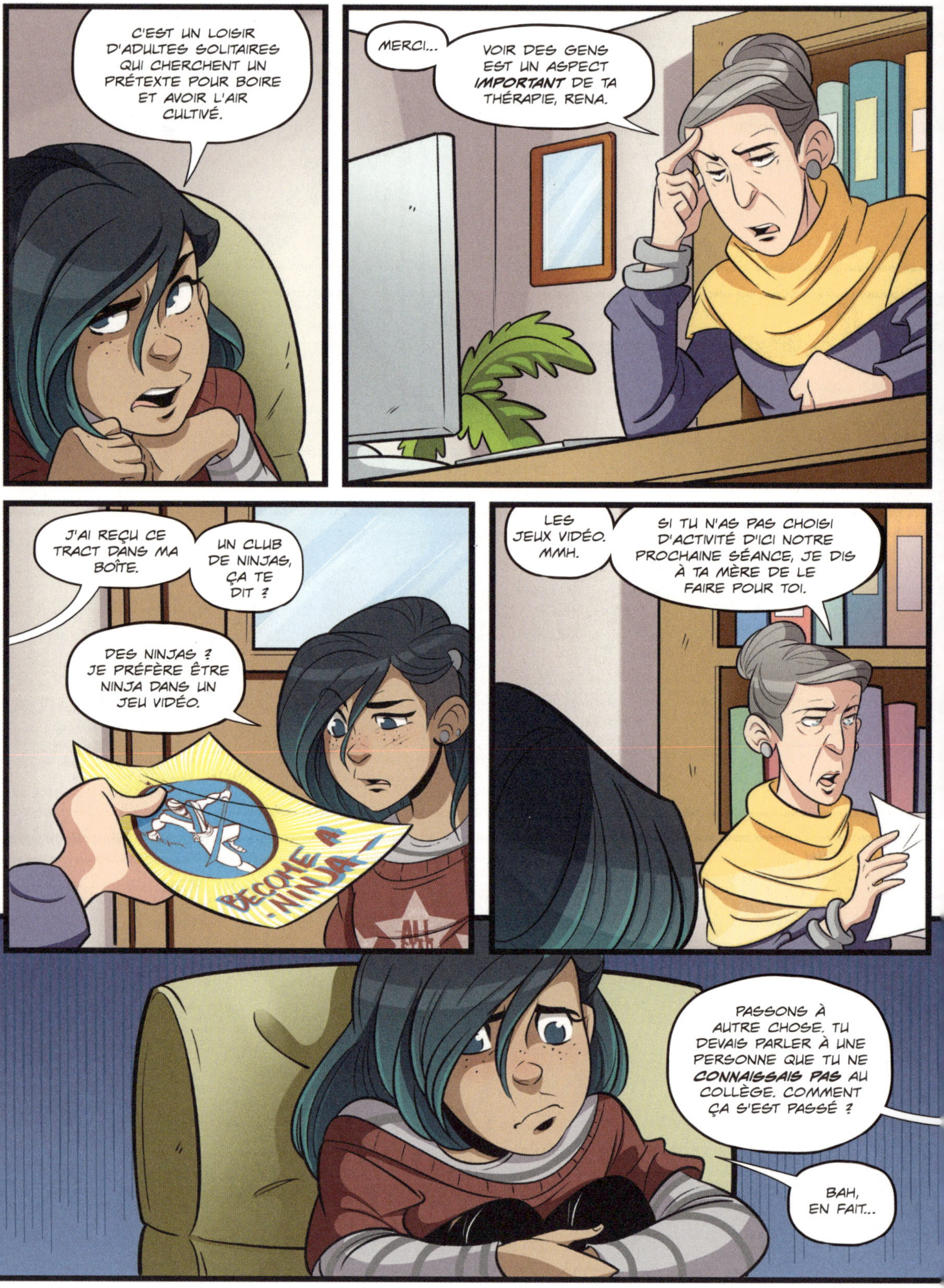
C'EST UN LOISIR D'ADULTES SOLITAIRES QUI CHERCHENT UN PRÉTEXTE POUR BOIRE ET AVOIR L'AIR CULTIVÉ.
MERCI...
VOIR DES GENS EST UN ASPECT IMPORTANT DE TA THÉRAPIE, RENA.
J'AI REÇU CE TRACT DANS MA BOÎTE.
UN CLUB DE NINJAS, ÇA TE DIT ?
DES NINJAS ? JE PRÉFÈRE ÊTRE NINJA DANS UN JEU VIDÉO.
BECOME A NINJA !
LES JEUX VIDÉO. MMH.
SI TU N'AS PAS CHOISI D'ACTIVITÉ D'ICI NOTRE PROCHAINE SÉANCE, JE DIS À TA MÈRE DE LE FAIRE POUR TOI.
PASSONS À AUTRE CHOSE. TU DEVAIS PARLER À UNE PERSONNE QUE TU NE CONNAISSAIS PAS AU COLLÈGE. COMMENT ÇA S'EST PASSÉ ?
BAH, EN FAIT...

PAS DE JEUX VIDÉO !
JE SUIS DANS LE BUREAU, OK ? JE DOIS CODER UN NOUVEAU MODULE VISUEL POUR LE **PROJET JUNIOR.**
OUI, OK.
TU VEUX QU'ON COMMANDE À DÎNER ? DU THAÏ ?
GRRRRR !
COMME TU VEUX, JE M'EN FICHE !
TOUT SERAIT SI SIMPLE SI JE POUVAIS JUSTE RESTER DANS MA CHAMBRE.
TIENS, **MATT** HARCÈLE ENCORE LES GAMINS DU QUARTIER.
IL FAUDRAIT QUE QUELQU'UN LUI DONNE UNE LEÇON.
ding
SIDNEY !

COMMENT ÇA VA, DANS TA BULLE ?
HA HA, TRÈS DRÔLE.
JE TE RACCROCHERAIS AU NEZ SI JE NE VENAIS PAS DE RECEVOIR NINJA FIGHTER. PRÊTE À MOURIR ?
Ninja Fighter
MMM, EN FAIT...
QU'EST-CE QU'IL Y A ?
J'AI PAS DROIT AUX LOISIRS "SOLO" COMME LES JEUX VIDÉO TANT QUE JE NE CHOISIS PAS D'ACTIVITÉ DE GROUPE.
AVEC DES GENS. DANS LA MÊME PIÈCE.
T'AS TROP DE CHANCE DE NE **PAS POUVOIR** SORTIR.
NON, RENA, C'EST PAS DE LA CHANCE.
WELCOME TO SPACE
GAME REPEAT
I WANT TO BELIEVE
CROIS-MOI.
MMM...

BREF...
BON, IL VA DONC FALLOIR QU'ON TE TROUVE UNE ACTIVITÉ, ET VITE !
EUH... TU ME CONNAIS, NON ?
JE SUIS PAS FRANCHEMENT SOCIABLE.
UN CLUB D'ASTRONOMIE ? IL FERA NUIT, PERSONNE NE TE VERRA... OU UNE ÉCOLE D'ESPIONNAGE ?
ARRÊTE !
NON ! JE SAIS ! UNE ÉQUIPE DE CACHE-CACHE ! TU SERAIS TOUT DE SUITE CAPITAINE!
ding dong
PROCEED WITH CAUTION
RENA ! LE DÎNER EST ARRIVÉ ! VIENS À TABLE !
DÉSOLÉE, JE DOIS Y ALLER. À DEMAIN.

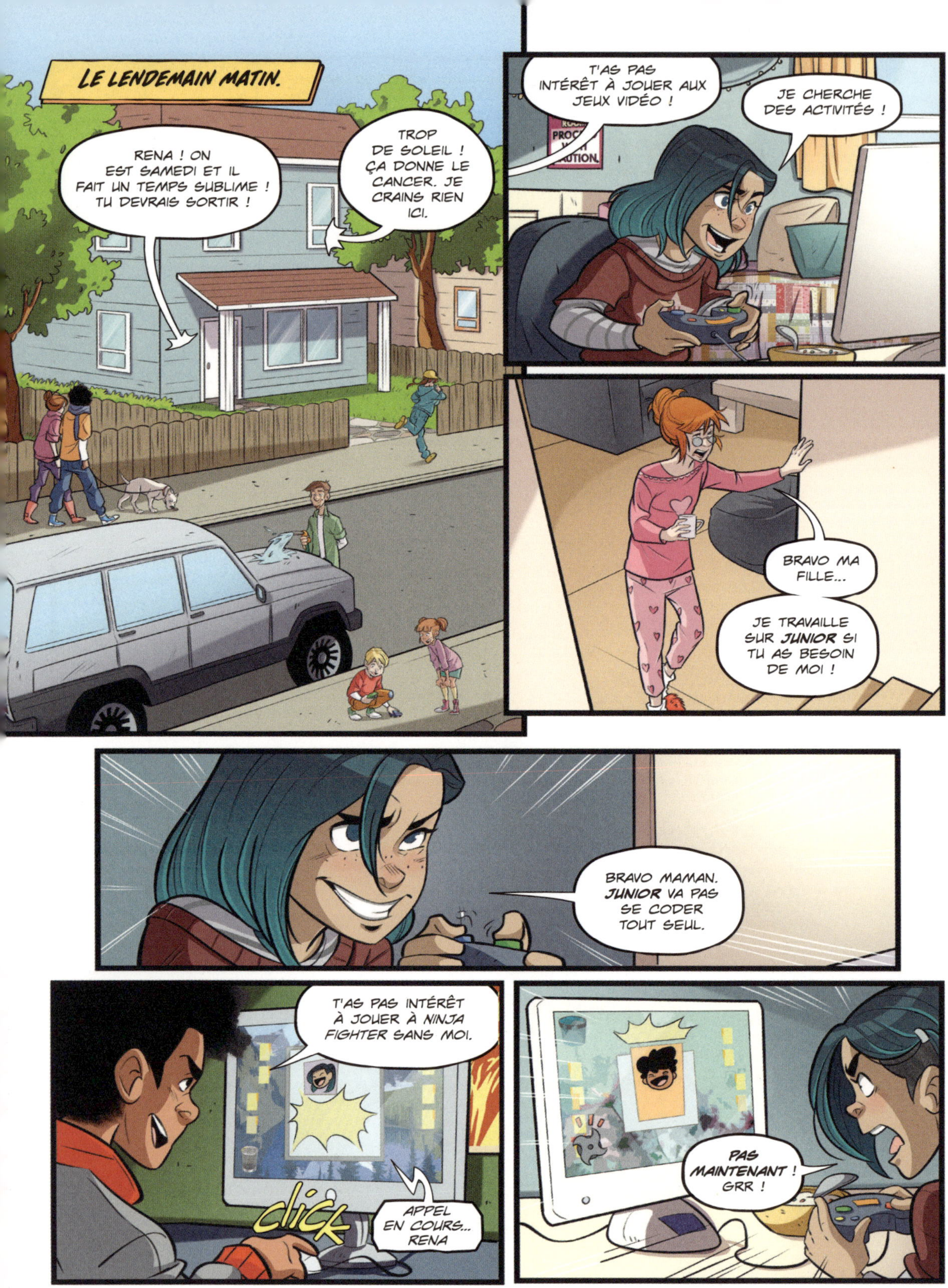
LE LENDEMAIN MATIN.
RENA ! ON EST SAMEDI ET IL FAIT UN TEMPS SUBLIME ! TU DEVRAIS SORTIR !
TROP DE SOLEIL ! ÇA DONNE LE CANCER. JE CRAINS RIEN ICI.
T'AS PAS INTÉRÊT À JOUER AUX JEUX VIDÉO !
JE CHERCHE DES ACTIVITÉS !
BRAVO MA FILLE...
JE TRAVAILLE SUR **JUNIOR** SI TU AS BESOIN DE MOI !
BRAVO MAMAN. **JUNIOR** VA PAS SE CODER TOUT SEUL.
T'AS PAS INTÉRÊT À JOUER À NINJA FIGHTER SANS MOI.
CLICK
APPEL EN COURS... RENA
PAS MAINTENANT ! GRR !

ÇA TE VA PAS, LE CYBER-HARCÈLEMENT.
ARRÊTE. J'AI TROUVÉ L'ACTIVITÉ IDÉALE POUR TOI ! T'ES PRÊTE ?
UNE ÉCOLE DE NINJAS ! L'ANNONCE AURAIT PU ÊTRE ÉCRITE POUR TOI !
LA PSY M'EN A PARLÉ AUSSI. ÇA M'INTÉRESSE PAS !
BECOME A NINJA
ATTENDS ! ILS DISENT POUVOIR T'APPRENDRE À DEVENIR INVISIBLE. JE T'ENVOIE LE LIEN.
OUI ? QUOI, MAMAN ?
JE DOIS Y ALLER. À PLUS, SYDNEY !
Watsonville Ninja School
NON... JE NE LES VOIS PAS, EFFECTIVEMENT. SID A PEUT-ÊTRE RAISON.
BON, ALLEZ.
Apply Now
VRAIMENT, UN TEST EN LIGNE ? "UNE INCONNUE SE MET ENTRE VOTRE OBJECTIF ET VOUS. QUE FAITES-VOUS ?"
JE LA CONTOURNE DISCRÈTEMENT. PFF, C'EST QUOI CE TEST ?

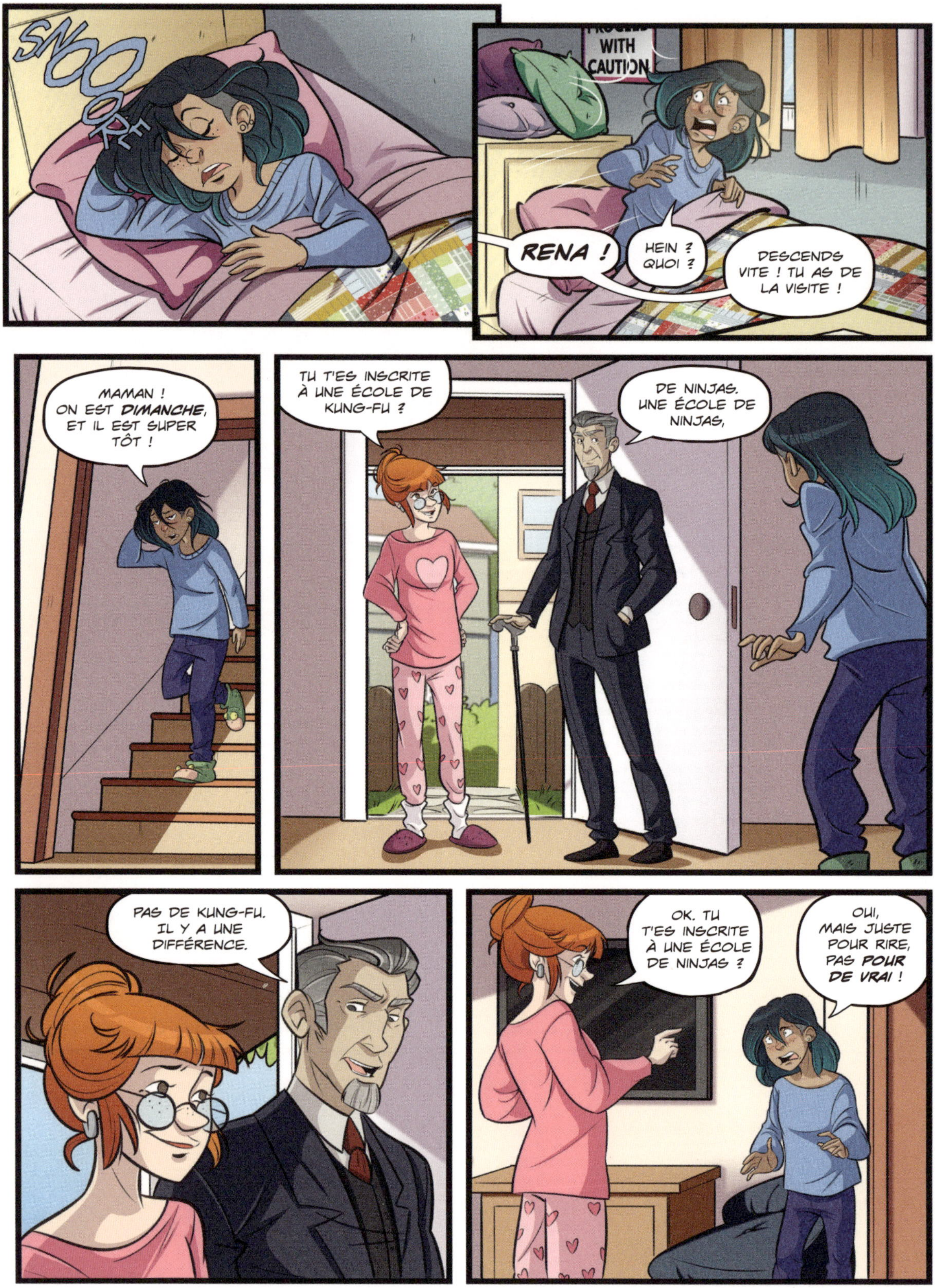
SNOOORE
WITH CAUTION
RENA !
HEIN ? QUOI ?
DESCENDS VITE ! TU AS DE LA VISITE !
MAMAN ! ON EST DIMANCHE, ET IL EST SUPER TÔT !
TU T'ES INSCRITE À UNE ÉCOLE DE KUNG-FU ?
DE NINJAS. UNE ÉCOLE DE NINJAS.
PAS DE KUNG-FU. IL Y A UNE DIFFÉRENCE.
OK. TU T'ES INSCRITE À UNE ÉCOLE DE NINJAS ?
OUI, MAIS JUSTE POUR RIRE, PAS POUR DE VRAI !

JE M'APPELLE SUNDAR DYSART. JE SUIS L'INSTRUCTEUR DE L'ÉCOLE DE NINJAS DE WATSONVILLE.
JE SUIS RAVI DE TE RENCONTRER, RENA.
RENA A **EXCELLÉ** AU TEST D'APTITUDE. J'AIMERAIS QUE TU COMMENCES À T'ENTRAÎNER IMMÉDIATEMENT, DÈS AUJOURD'HUI.
C'EST UNE BLAGUE !
PAS DU TOUT.
JE N'AI JAMAIS VU CANDIDATURE SI PROMETTEUSE EN VINGT ANS DE CARRIÈRE !
J'ADORE CETTE IDÉE !
MAIS NON, C'ÉTAIT POUR RIRE !
FORMIDABLE !
VENEZ QUAND VOUS VOULEZ CET APRÈS-MIDI, ET JE VOUS FERAI VISITER.

C'EST PIRE QUE L'ÉCOLE.
ÉCOLE DE NINJAS DE WATSONVILLE.
VOUS POURRIEZ NOUS LAISSER RENA PENDANT UNE HEURE ?
CERTAINS ÉLÈVES ONT DU MAL À S'ENTRAÎNER QUAND LEURS PARENTS LES REGARDENT.
NON, SURTOUT PAS, MAMAN !
BONNE IDÉE, JE VAIS FAIRE LES BOUTIQUES.
MAMAN !
TU ME LAISSES SEULE ICI ?

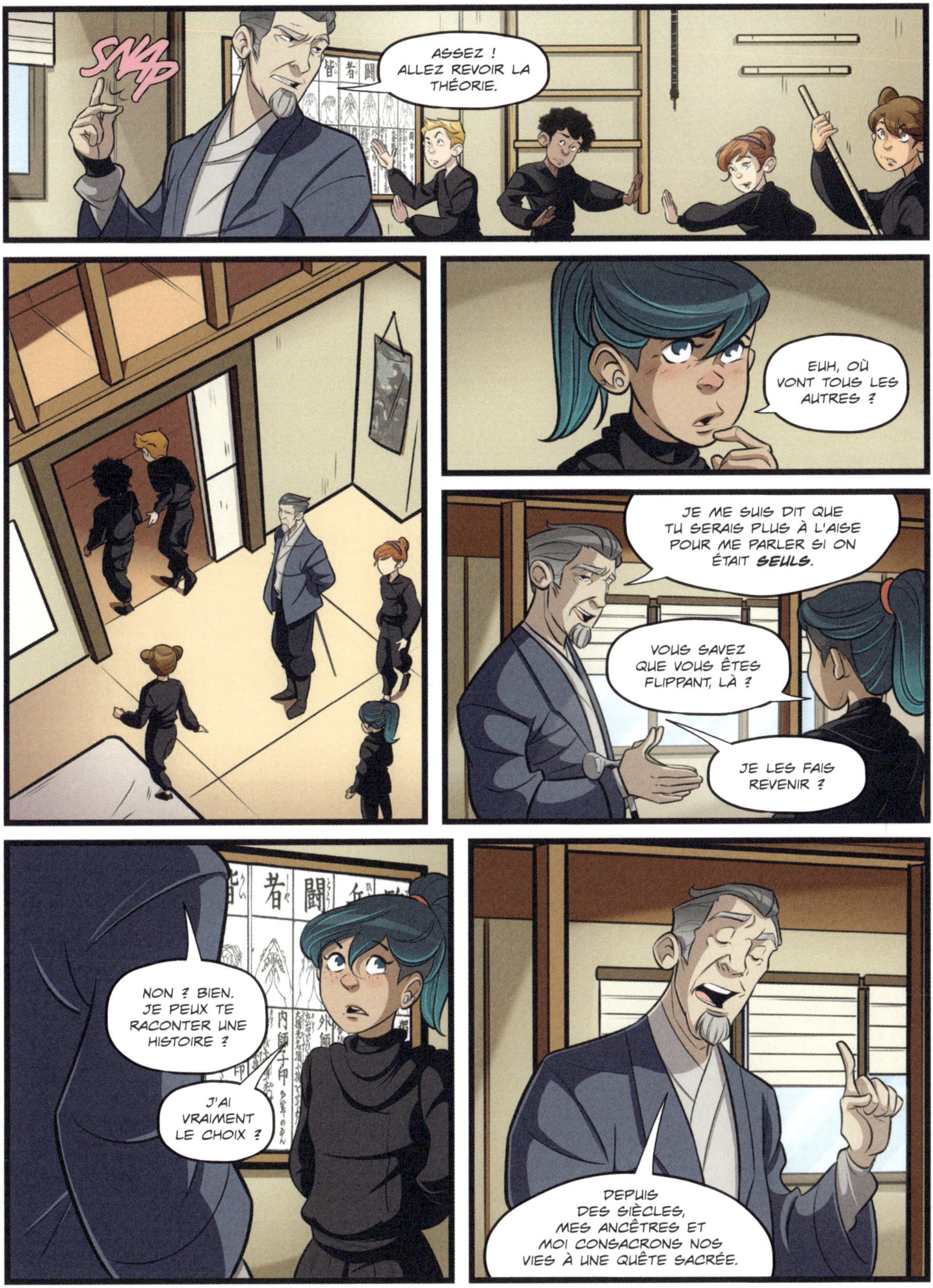
SNAP
ASSEZ ! ALLEZ REVOIR LA THÉORIE.
EUH, OÙ VONT TOUS LES AUTRES ?
JE ME SUIS DIT QUE TU SERAIS PLUS À L'AISE POUR ME PARLER SI ON ÉTAIT **SEULS**.
VOUS SAVEZ QUE VOUS ÊTES FLIPPANT, LÀ ?
JE LES FAIS REVENIR ?
NON ? BIEN. JE PEUX TE RACONTER UNE HISTOIRE ?
J'AI VRAIMENT LE CHOIX ?
DEPUIS DES SIÈCLES, MES ANCÊTRES ET MOI CONSACRONS NOS VIES À UNE QUÊTE SACRÉE.

"LES NINJAS MÈNENT UNE VIE SECRÈTE DEPUIS 1500 ANS."
"NOUS TRAVAILLIONS COMME ESPIONS ET SOLDATS MASQUÉS POUR LES SOUVERAINS DU JAPON."
"POUR CE FAIRE, NOUS AVONS DÉVELOPPÉ UNE TECHNIQUE SPÉCIFIQUE, LE **NINJUTSU.**"
"NOUS NOUS RENDIONS INVISIBLES."

"LES NINJAS FAISAIENT CE QUE LES SAMOURAÏS NE POUVAIENT OU NE VOULAIENT PAS FAIRE."
"ILS ENTRAIENT AISÉMENT DANS LES CHÂTEAUX LES MIEUX GARDÉS."
"ET LEUR ART LES FAISAIT PASSER POUR DES SORCIERS S'ILS ÉTAIENT REPÉRÉS."

"MAIS NOS MAÎTRES FINIRENT PAR NOUS TRAHIR."
"LES NINJAS FURENT BANNIS. NOTRE ORDRE FUT... DIMINUÉ."
"MAIS L'ESPOIR SUBSISTAIT. UN TEXTE ANCIEN ANNONÇAIT L'AVÈNEMENT DU *SPECTRE.*"
"UN ENFANT AUX DONS EXCEPTIONNELS..."
"... *NÉ* POUR ÊTRE UN NINJA."
"UN ENFANT QUI MÈNERAIT NOS CLANS À *LA GLOIRE.*"
CET ENFANT, RENA, C'EST *TOI.*
TU ES... LE SPECTRE.

HAHAHAHAHA
MAIS... VOUS ÊTES SÉRIEUX ?
CROIS-MOI, JE SAIS QUE ÇA SEMBLE RIDICULE. MAIS JE SUIS **TRÈS** SÉRIEUX.
CETTE SOI-DISANT "PHOBIE SOCIALE" DONT LES THÉRAPEUTES T'AFFUBLENT EST EN RÉALITÉ TON DESTIN QUI CHERCHE À S'ACCOMPLIR.
HÉ, VOUS N'ÊTES PAS CENSÉ SAVOIR ÇA !

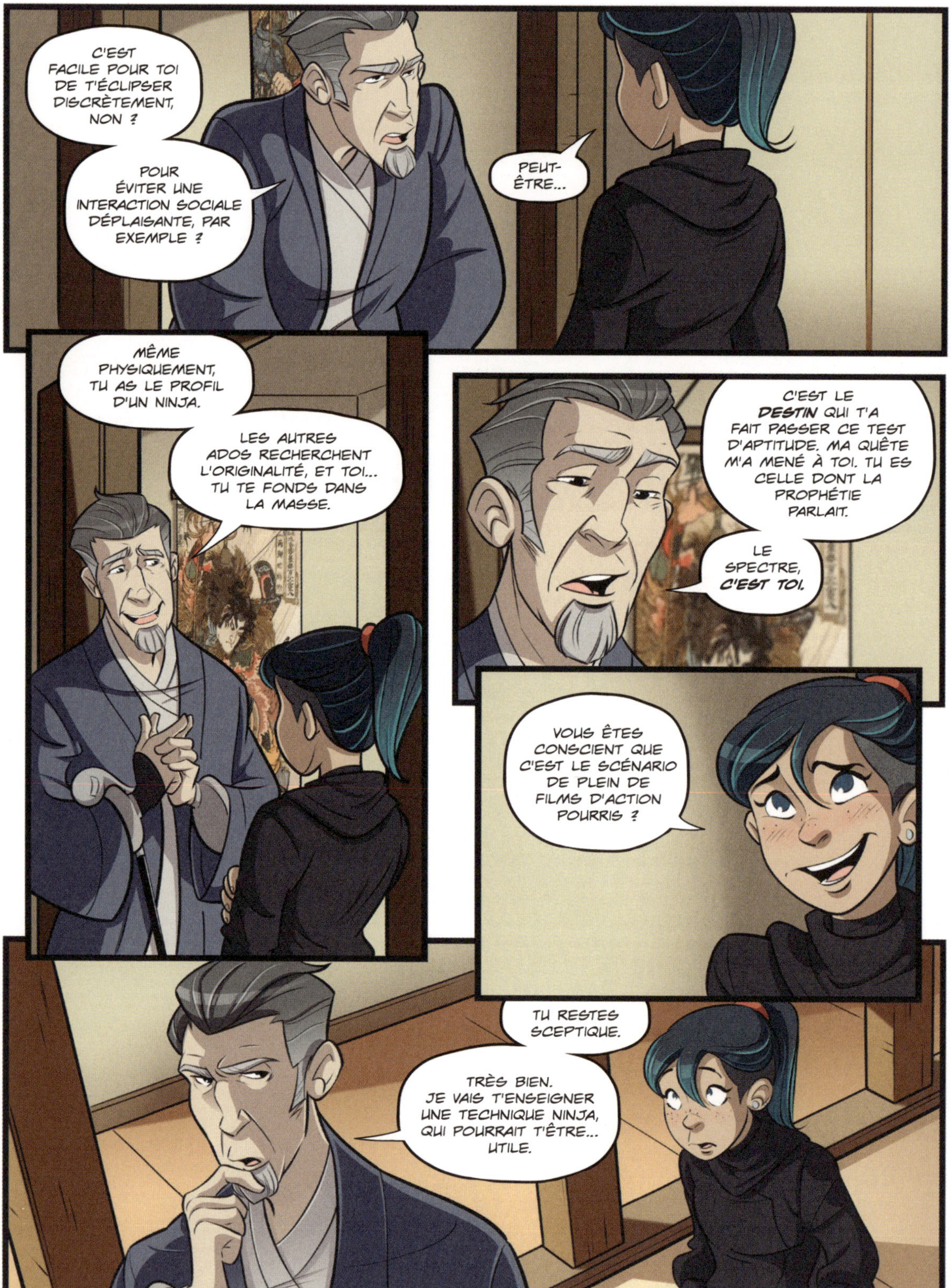
C'EST FACILE POUR TOI DE T'ÉCLIPSER DISCRÈTEMENT, NON ?
POUR ÉVITER UNE INTERACTION SOCIALE DÉPLAISANTE, PAR EXEMPLE ?
PEUT-ÊTRE...
MÊME PHYSIQUEMENT, TU AS LE PROFIL D'UN NINJA.
LES AUTRES ADOS RECHERCHENT L'ORIGINALITÉ, ET TOI... TU TE FONDS DANS LA MASSE.
C'EST LE **DESTIN** QUI T'A FAIT PASSER CE TEST D'APTITUDE. MA QUÊTE M'A MENÉ À TOI. TU ES CELLE DONT LA PROPHÉTIE PARLAIT.
LE SPECTRE, ***C'EST TOI.***
VOUS ÊTES CONSCIENT QUE C'EST LE SCÉNARIO DE PLEIN DE FILMS D'ACTION POURRIS ?
TU RESTES SCEPTIQUE.
TRÈS BIEN. JE VAIS T'ENSEIGNER UNE TECHNIQUE NINJA, QUI POURRAIT T'ÊTRE... UTILE.

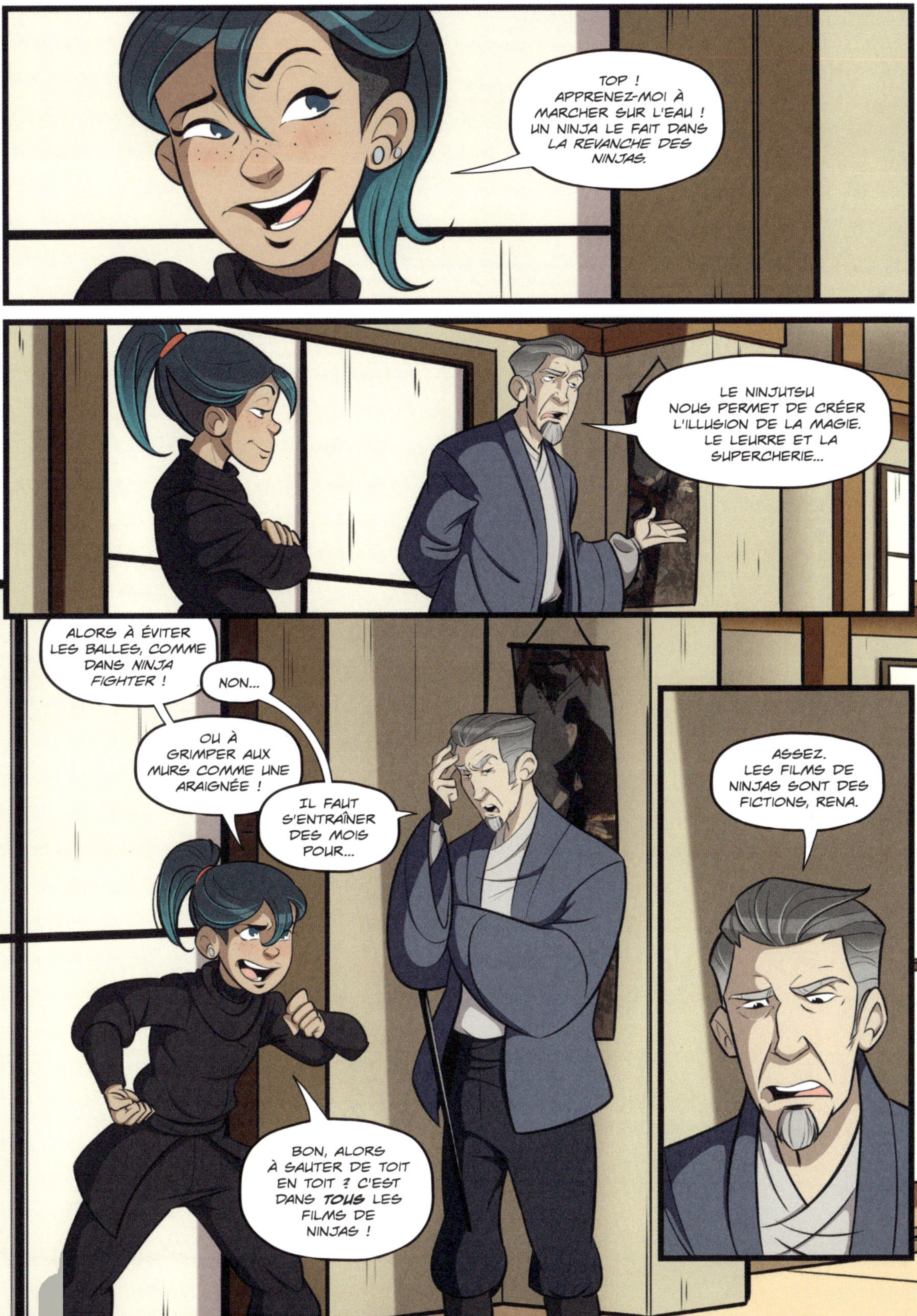
TOP ! APPRENEZ-MOI À MARCHER SUR L'EAU ! UN NINJA LE FAIT DANS LA REVANCHE DES NINJAS.
LE NINJUTSU NOUS PERMET DE CRÉER L'ILLUSION DE LA MAGIE. LE LEURRE ET LA SUPERCHERIE...
ALORS À ÉVITER LES BALLES, COMME DANS NINJA FIGHTER !
NON...
OU À GRIMPER AUX MURS COMME UNE ARAIGNÉE !
IL FAUT S'ENTRAÎNER DES MOIS POUR...
BON, ALORS À SAUTER DE TOIT EN TOIT ? C'EST DANS **TOUS** LES FILMS DE NINJAS !
ASSEZ. LES FILMS DE NINJAS SONT DES FICTIONS, RENA.

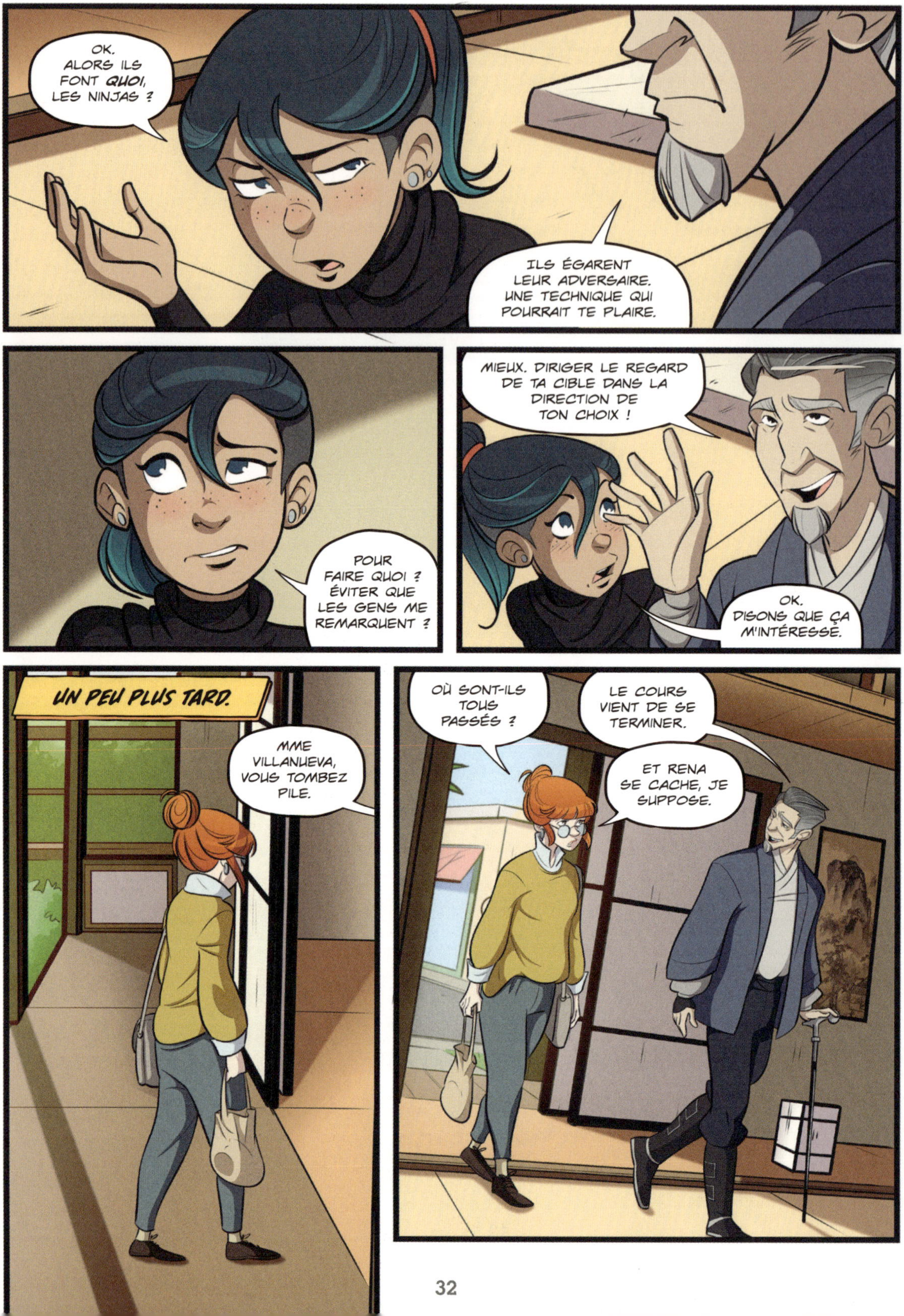
OK. ALORS ILS FONT QUOI, LES NINJAS ?
ILS ÉGARENT LEUR ADVERSAIRE. UNE TECHNIQUE QUI POURRAIT TE PLAIRE.
POUR FAIRE QUOI ? ÉVITER QUE LES GENS ME REMARQUENT ?
MIEUX. DIRIGER LE REGARD DE TA CIBLE DANS LA DIRECTION DE TON CHOIX !
OK. DISONS QUE ÇA M'INTÉRESSE.
UN PEU PLUS TARD.
MME VILLANUEVA, VOUS TOMBEZ PILE.
OÙ SONT-ILS TOUS PASSÉS ?
LE COURS VIENT DE SE TERMINER.
ET RENA SE CACHE, JE SUPPOSE.

HÉ, JE ME CACHE PAS !
RENA ?
NON, MAMAN, PAR ICI.
DERRIÈRE TOI.
AAH !
JE T'AI EUE !
JE PROJETAIS MA VOIX. C'EST UN TRUC DE NINJA.
RENA A UN VRAI DON, MME VILLANUEVA.
ELLE A APPRIS EN QUELQUES MINUTES UNE TECHNIQUE QUI PREND DES MOIS AUX AUTRES.
BON, C'EST SUPER ! ALORS, TU VEUX REVENIR PRENDRE D'AUTRES COURS ?

NON ! ÊTRE NINJA ? SÉRIEUX ?
MAIS JE VOIS BIEN QUE ÇA T'A PLU !
ESSAYE, JUSTE QUELQUES SEMAINES ?
PAS QUESTION. ALLEZ, VIENS !
JE SUIS NAVRÉE, ELLE EST COMME ÇA PARFOIS...
JE COMPRENDS TOUT À FAIT.
RENA EST FAITE POUR ÊTRE NINJA. MAIS ELLE DOIT CHOISIR ELLE-MÊME CE DESTIN.
ET QUAND ELLE SERA PRÊTE, L'ÉCOLE DES NINJAS SERA LÀ POUR LA PRÉPARER À UNE VIE D'EXCELLENCE ET DE POUVOIR.
ET TOUT ÇA SANS VENTE DE GÂTEAUX !
MERCI, M. DYSART.
OK. MAIS NON. VIENS, MAMAN.

CONVOQUEZ LES MEMBRES DU CONSEIL.
OUI MAÎTRE. JE SUIS SÛRE QU'ILS SERONT TRÈS DÉÇUS.
JE NE CROIS PAS. JE SUIS PLUS QUE JAMAIS CERTAIN QU'ELLE EST LA **CLÉ** DE NOTRE SUCCÈS.
"RENA VA REVENIR. DE SON PLEIN GRÉ."
J'AI ACHETÉ LE TÉLÉPHONE QUE TU VOULAIS. MAIS SI TU NE QUITTES JAMAIS LA MAISON, TU N'EN AS PAS VRAIMENT **BESOIN.**
SUPER, MAMAN. BELLE FAÇON DE MARTYRISER TON ADO PERTURBÉE.
JE NE SAIS PAS COMMENT T'AIDER.
QUAND UN PROGRAMME COMME **JUNIOR** PLANTE, IL Y A UNE RAISON LOGIQUE.
JE SAIS **RÉPARER.**
JE SUIS TA FILLE, PAS UN **PROGRAMME.** SI J'AI DES BUGS, À QUI LA FAUTE ?
C'EST PAS CE QUE JE VOULAIS DIRE...

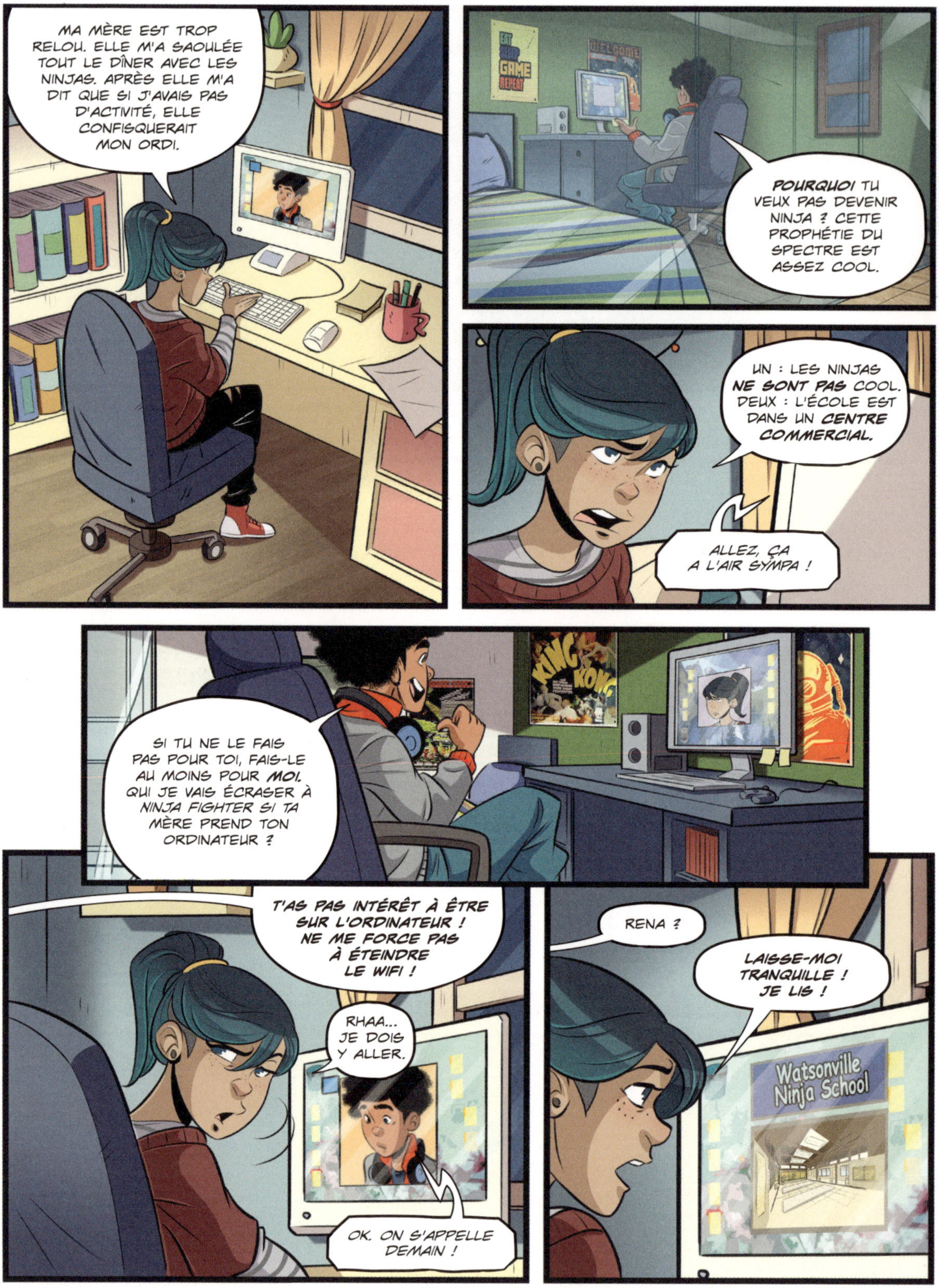
MA MÈRE EST TROP RELOU. ELLE M'A SAOULÉE TOUT LE DÎNER AVEC LES NINJAS. APRÈS ELLE M'A DIT QUE SI J'AVAIS PAS D'ACTIVITÉ, ELLE CONFISQUERAIT MON ORDI.
EAT SLEEP GAME REPEAT
WELCOME
POURQUOI TU VEUX PAS DEVENIR NINJA ? CETTE PROPHÉTIE DU SPECTRE EST ASSEZ COOL.
UN : LES NINJAS NE SONT PAS COOL. DEUX : L'ÉCOLE EST DANS UN CENTRE COMMERCIAL.
ALLEZ, ÇA A L'AIR SYMPA !
KING KONG
SI TU NE LE FAIS PAS POUR TOI, FAIS-LE AU MOINS POUR MOI. QUI JE VAIS ÉCRASER À NINJA FIGHTER SI TA MÈRE PREND TON ORDINATEUR ?
T'AS PAS INTÉRÊT À ÊTRE SUR L'ORDINATEUR ! NE ME FORCE PAS À ÉTEINDRE LE WIFI !
RHAA... JE DOIS Y ALLER.
OK. ON S'APPELLE DEMAIN !
RENA ?
LAISSE-MOI TRANQUILLE ! JE LIS !
Watsonville Ninja School

VOUS NOUS AVIEZ **JURÉ** QUE LA FILLE ACCEPTERAIT LA PROPHÉTIE.
PASSONS À DES ACTIONS CONCRÈTES.
JE REGRETTE MAIS IL N'Y A PLUS D'ACTION "CONCRÈTE". LES DIRIGEANTS PENSENT QUE RENA EST NOTRE **SEULE** OPTION.
J'AI MONTRÉ À RENA COMMENT L'ENTRAÎNEMENT DU NINJA POURRAIT LUI PROFITER. JE NE LA VOIS PAS RÉSISTER À L'APPEL DU SPECTRE.
ELLE A TROP À Y GAGNER.
JE PARLERAI **MOI-MÊME** AUX DIRIGEANTS.
J'ESPÈRE QUE VOUS AVEZ RAISON.
MOI AUSSI.

RRRRRIIIIING
RENA, JE PEUX TE VOIR UNE MINUTE ?
J'AI PARLÉ AU DR. MENOLY, ET NOUS PENSONS QU'IL EST TEMPS QUE TU AILLES AU PREMIER RANG.
TRENT, TU PEUX ÉCHANGER TA PLACE AVEC RENA ?
NON ! JE LÈVERAI LA MAIN, PROMIS !
PAS DE SOUCI, M. CHANG.
MAINTENANT ON VA TOUS TE REGARDER EN COURS, TARÉE.
VOYONS SI VOUS AVEZ FAIT VOS LECTURES.
QUI PEUT ME PARLER DE LA DOCTRINE MONROE ?
MONROE DOCTRINE

UN INDICE ? IL S'AGISSAIT DE MESURES ENCANDRANT LE COLONIALISME.
ON S'EN FOUT ! C'EST DÉBILE.
QUOI ?! QUI A DIT ÇA ?
1823
JAMES MONROE
C'EST TRENT, M. CHANG.
C'EST PAS MOI !
GRÂCE À TRENT, VOUS AVEZ UN CONTRÔLE SURPRISE.

ESPÈCE D'ABRUTI !
HÉ !
ÇA SUFFIT ! DANS LE BUREAU DE MME GRANGER !
C'EST PAS MOI !
SORTEZ, TRENT !
JE VOUS VERRAI CHEZ LA CPE APRÈS LES COURS.
ON REPREND. LA DOCTRINE MONROE, DONC.
RENA...? OUI ! RENA !

IL A EU TROIS HEURES DE COLLE. ET M. CHANG M'A REMISE AU **FOND** DE LA CLASSE !
BRAVO, SUPER NINJA !
RENA ! À TABLE !
FRANCHEMENT C'EST COOL, **NON ?** JE DOIS Y ALLER. À PLUS TARD !
JUNIOR FAIT PREUVE DE NOMBREUX COMPORTEMENTS ÉMERGENTS, PARFOIS TRÈS SURPRENANTS.
ON DIRAIT QU'IL RÉPOND AUX STIMULI COMME UN PETIT ENFANT.
MAMAN...
JE VAIS DEVOIR RÉÉCRIRE TOUT LE MODULE DE PROGRAMMATION VISUELLE.
MAMAN ! JE VEUX ALLER À L'ÉCOLE DE NINJAS. **MAIS...**
RENA...
JE TE PROPOSE D'ESSAYER TROIS MOIS, ET ENSUITE ON REPARLE DU DR. MENOLY.
... PLUS DE PSY ! **ET** TU M'OFFRES LE TÉLÉPHONE.
OK !
JE VAIS **TELLEMENT** ÊTRE UN SUPER NINJA.

JE SUIS HEUREUX QUE TU AIES CHANGÉ D'AVIS, RENA !
JUSTE POUR ÊTRE CLAIRE : JE SUIS NI SPIDERMAN, NI BUFFY. JE VEUX JUSTE APPRENDRE DES TRUCS DE NINJA. OK ?
L'ENTRAÎNEMENT DÉMARRE MAINTENANT.
TOP ! JE VEUX APPRENDRE L'ATTAQUE DU DRAGON, LE COUP FATAL, LE LOTUS VOLANT, LA TECHNIQUE DE LA GRUE, ET L'ART DES NUNCHAKUS !
OH, ET VOUS AVEZ PARLÉ D'APPRENDRE À ÊTRE INVISIBLE !
JE VEUX COMMENCER PAR ÇA !
STOP ! STOP. FINIES, LES RÉFÉRENCES AUX FILMS.
TU VAS APPRENDRE LE NINPO, L'ART DU NINJUTSU.
ET C'EST QUOI, ÇA ?
L'ART D'ÉGARER TES ENNEMIS.
LE BUNSHIN-NO-JUTSU : LEUR FAIRE CROIRE QUE TU ES MULTIPLE. TRAVERSER DES FOULES EN PASSANT INAPERÇUE.
LE KANNON-GAKURE : ÊTRE IMMOBILE SANS ÊTRE VUE.

AH ! INAPERÇUE DANS LES FOULES ! ESSAYONS CELUI-LÀ !
IL EST TEMPS DE RENCONTRER TA PROF.
ANTONIA, VIENS, S'IL TE PLAÎT.
SALUT, RENA !
MAÎTRE DYSART M'A BEAUCOUP PARLÉ DE TOI.
C'EST UN GRAND HONNEUR D'ENTRAÎNER LE SPECTRE !
C'EST UNE ADO ! JE PENSAIS QUE VOUS SERIEZ MON PROF.
DÉSOLÉ. J'AI UNE BLESSURE QUI NE ME PERMET PAS DE T'ENTRAÎNER.
MAIS ANTONIA EST MA MEILLEURE DISCIPLE.
ELLE PEUT PEUT-ÊTRE TE MONTRER UNE DES TECHNIQUES DE TES FILMS ?
MOUAIS. OK. ÉPATE-MOI.

CLIGNE **PAS** DES YEUX.
REGARDE-MOI, PAS LE RIZ.
FWOOSH
HHHH !
BON, COMMENT ELLE A FAIT ? SAUTS ARRIÈRE ET PORTE DÉROBÉE ?
HEY !
WAOUH ! **ÇA,** JE VEUX L'APPRENDRE !

ENTRAÎNE-LA BIEN.
ON COMMENCE ?
JE VEUX SAUTER COMME ÇA ! NON, DISPARAÎTRE ! DIS-MOI COMMENT FAIRE !
HÉ, DOUCEMENT !
RHAA ! QUOI ENCORE !
AVANT D'APPRENDRE LE BOND DE LA SAUTERELLE, TU DOIS SAVOIR TENIR DEBOUT.
JE SUIS DEBOUT, LÀ. TU ME VOIS, DEVANT TOI ?
OUI JE TE VOIS, C'EST ÇA LE PROBLÈME.
BON. COMMENÇONS PAR ONGYO-JUTSU, L'ART NINJUTSU DE SE CACHER À LA VUE DE TOUS.

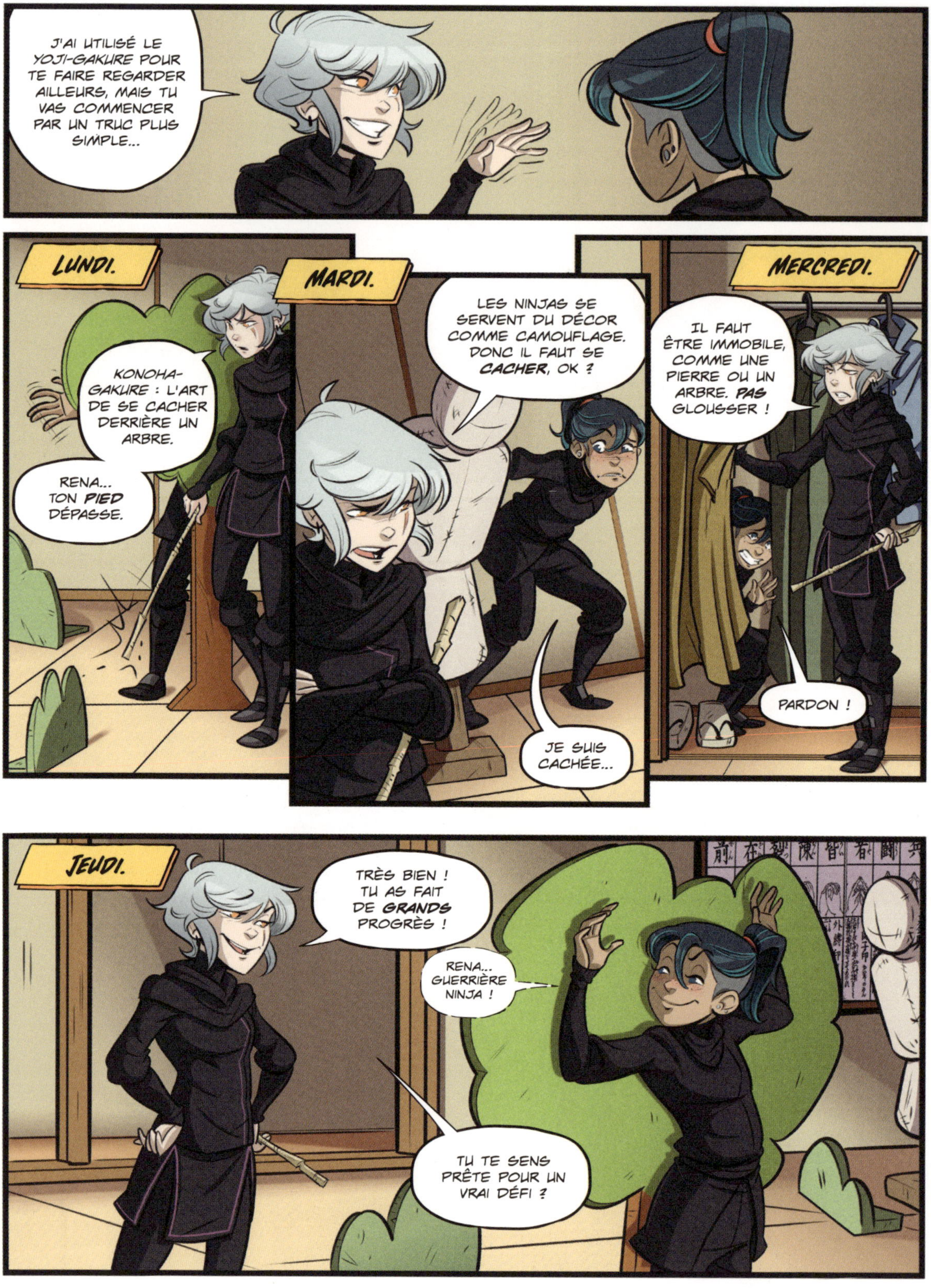
J'AI UTILISÉ LE YOJI-GAKURE POUR TE FAIRE REGARDER AILLEURS, MAIS TU VAS COMMENCER PAR UN TRUC PLUS SIMPLE...
LUNDI.
KONOHA-GAKURE : L'ART DE SE CACHER DERRIÈRE UN ARBRE.
RENA... TON PIED DÉPASSE.
MARDI.
LES NINJAS SE SERVENT DU DÉCOR COMME CAMOUFLAGE. DONC IL FAUT SE CACHER, OK ?
JE SUIS CACHÉE...
MERCREDI.
IL FAUT ÊTRE IMMOBILE, COMME UNE PIERRE OU UN ARBRE. PAS GLOUSSER !
PARDON !
JEUDI.
TRÈS BIEN ! TU AS FAIT DE GRANDS PROGRÈS !
RENA... GUERRIÈRE NINJA !
TU TE SENS PRÊTE POUR UN VRAI DÉFI ?

VENDREDI.
MAIS ENFIN, JE PEUX PAS ME CACHER DERRIÈRE **CE TRUC** !
HA HA, JE TE FAISAIS MARCHER. ON VA FAIRE UN EXERCICE **DIFFÉRENT** AUJOURD'HUI.
CETTE SEMAINE, TU AS APPRIS À TE CACHER DERRIÈRE DES CHOSES. LÀ, C'EST TOI QUI CHOISIS TA CACHETTE ET J'ESSAYE DE TE TROUVER.
ET LA CHAISE, ALORS ?
C'EST POUR MOI.
AAAAH ! D'OÙ VOUS SORTEZ ?
JE SUIS LÀ DEPUIS LE DÉBUT. JE SUIS UN **NINJA**, JE TE RAPPELLE.
ANTONIA DIT QUE TU ES DOUÉE POUR LE KONOHA-GAKURE. JE VOULAIS VOIR PAR MOI-MÊME.
JE REGARDE LE MUR, JE COMPTE JUSQU'À DIX, ET JE ME RETOURNE.
J'AI LE TRAC, AVEC **LUI** QUI M'OBSERVE.
T'EN FAIS PAS POUR LUI. TU VAS RÉUSSIR.

QUATRE, CINQ, SIX...
SEPT !
J'AI TRICHÉ.
UN NINJA NE DOIT PAS CROIRE QUE TOUT SE PASSERA COMME PRÉVU.
ELLE NE VA PAS TE SIMPLIFIER LA TÂCHE, ANTONIA.
BIEN TENTÉ, RENA, MAIS TU ES DERRIÈRE LE PORTEMANTEAU.
ET NON.
JE LA VOIS, DANS L'OMBRE DU MANNEQUIN !
ELLE T'A ÉCHAPPÉ, ANTONIA. SORS, RENA !
MAIS... J'AVAIS REGARDÉ JUSTE LÀ !
HA ! J'AI GAGNÉ !

BRAVO !
OUI, BON TRAVAIL !
C'ÉTAIT TROP GÉNIAL ! MERCI, TONI !
C'EST TOI QUI AS TOUT FAIT, JE T'AI JUSTE DIRIGÉE !
ALORS, QUOI DE NEUF, ICI ?
RENA A **RÉUSSI** SA PREMIÈRE ÉPREUVE.
AH BON ? JE VEUX DIRE, SUPER !
JE ME SUIS CACHÉE DERRIÈRE CET ARBRE, ET AUCUN DES DEUX NE M'A REPÉRÉE !
LE DR. MENOLY VA ÊTRE **RAVIE** QUAND TU VAS LUI DIRE CE QUE TU AS ACCOMPLI, CHÉRIE.
RHAAA ! OH, NON !

JE SERAI EN MODE NINJA CHEZ MENOLY. ELLE ME **VERRA PAS.**
T'AS PAS INTÉRÊT.
PASSEZ UN BON WEEKEND !
SON COUDE ÉTAIT PLUS QUE VISIBLE DERRIÈRE L'ARBRE.
JE SAIS, MAÎTRE DYSART. MAIS ELLE A FAIT TANT DE PROGRÈS CETTE SEMAINE, JE VOULAIS QU'ELLE REPARTE AVEC UN SENTIMENT DE VICTOIRE.
ALORS JE BLÂMERAI L'ENSEIGNANTE, PAS L'ÉLÈVE.
ELLE DOIT ABSOLUMENT ÊTRE PRÊTE, LE TEMPS VENU.
JE VAIS **REDOUBLER D'EFFORTS** MAÎTRE DYSART.
J'ESPÈRE BIEN. NOTRE AVENIR - LE TIEN COMME LE **MIEN** - REPOSE SUR RENA.

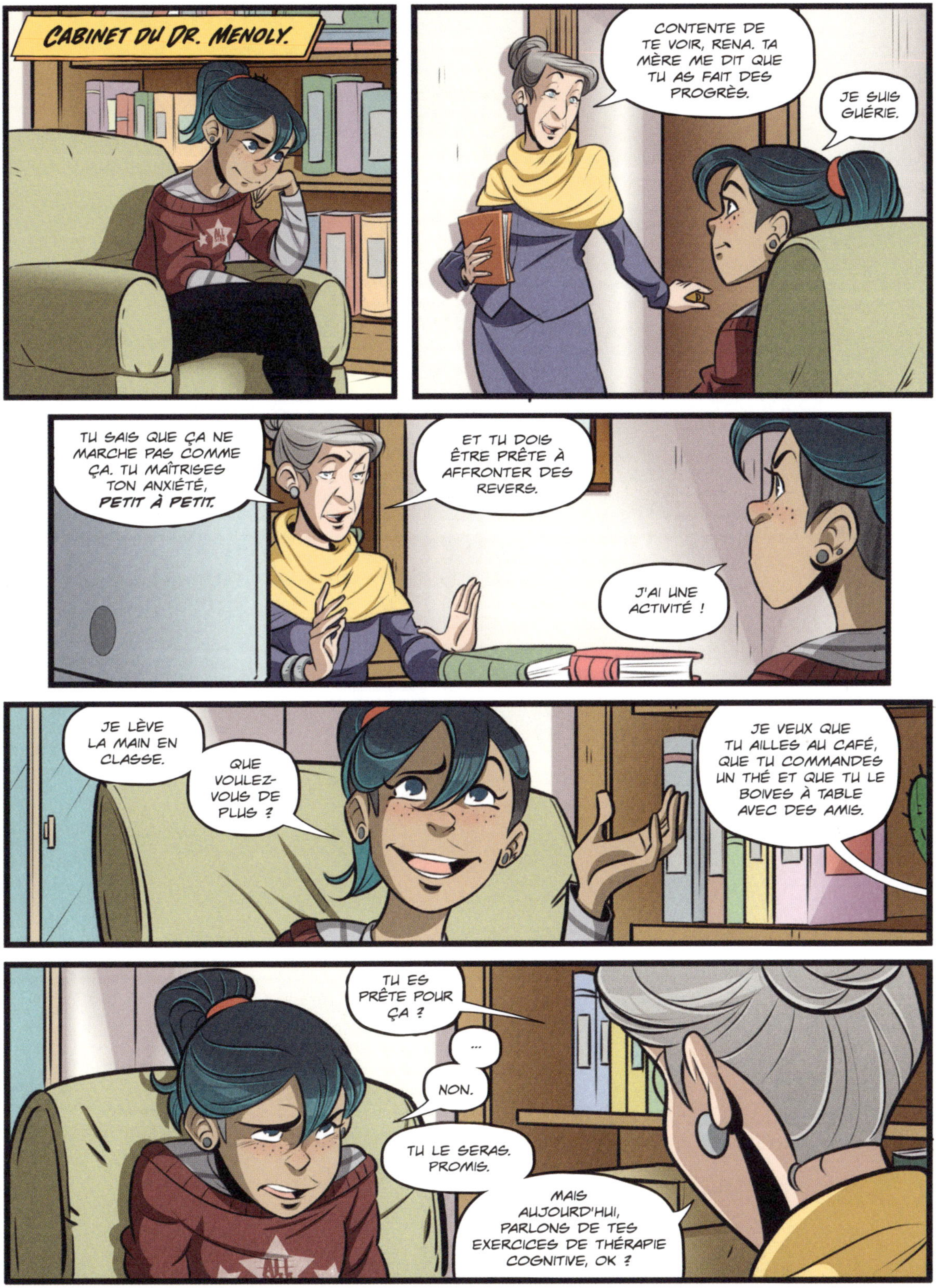
CABINET DU DR. MENOLY.
CONTENTE DE TE VOIR, RENA. TA MÈRE ME DIT QUE TU AS FAIT DES PROGRÈS.
JE SUIS GUÉRIE.
TU SAIS QUE ÇA NE MARCHE PAS COMME ÇA. TU MAÎTRISES TON ANXIÉTÉ, PETIT À PETIT.
ET TU DOIS ÊTRE PRÊTE À AFFRONTER DES REVERS.
J'AI UNE ACTIVITÉ !
JE LÈVE LA MAIN EN CLASSE.
QUE VOULEZ-VOUS DE PLUS ?
JE VEUX QUE TU AILLES AU CAFÉ, QUE TU COMMANDES UN THÉ ET QUE TU LE BOIVES À TABLE AVEC DES AMIS.
TU ES PRÊTE POUR ÇA ?
...
NON.
TU LE SERAS. PROMIS.
MAIS AUJOURD'HUI, PARLONS DE TES EXERCICES DE THÉRAPIE COGNITIVE, OK ?

PLUS TARD...
LE DR. MENOLY A ACCEPTÉ D'ESPACER LES SÉANCES. JE PENSAIS QUE TU SERAIS RAVIE.
LA PSY UNE SEMAINE SUR DEUX, ÇA RESTE LA PSY.
BON, TANT QUE TU CONTINUES LES COURS DE KARATÉ...
DE NINJA, BON SANG, MAMAN !
PARDON, OH LA LA ! BREF, SI TU CONTINUES DE PROGRESSER, TU POURRAS RÉDUIRE À UNE FOIS PAR MOIS. C'EST BIEN, NON ?
SUPER. FORMIDABLE.
BON, ET CETTE INTELLIGENCE ARTIFICIELLE ?
OH, C'EST VRAIMENT STUPÉFIANT ! ON Y A ENTRÉ DES MODÈLES DE CHANGEMENT CLIMATIQUE, ET ELLE A RELIÉ DES DONNÉES OCÉANOGRAPHIQUES ÉPARSES POUR PRÉDIRE DES OURAGANS !
JUNIOR APPREND AUSSITÔT QU'ON Y ENTRE DES DONNÉES. JE T'AI PARLÉ DE SON MODÈLE DE TEST DE DÉPISTAGE DU DIABÈTE ?

APPEL ENTRANT... APPEL ENTRANT... APPEL ENTRANT...
OH ! SIDNEY !
AH, T'ES TOUJOURS VIVANTE. JE PENSAIS QUE T'AVAIS ÉTÉ ENLEVÉE PAR DES ALIENS.
VRAIMENT DÉSOLÉE ! J'AI TOTALEMENT ZAPPÉ NOTRE RENDEZ-VOUS.
C'EST PAS GRAVE. ALORS, L'ÉCOLE DE NINJAS ? TU CASSES DES PLANCHES ?
UN NINJA NE FAIT PAS ÇA !
LE NINJA NE LAISSE AUCUNE TRACE DE SON PASSAGE. ÇA SE PASSE BIEN.
MAIS TU VAS BIEN ? T'AS PAS TRÈS BONNE MINE.
J'AI JUSTE UN RHUME. MONTRE-MOI UN TRUC DE NINJA !
POUR L'INSTANT J'AI JUSTE APPRIS À TENIR DEBOUT...
HA HA HA ! JE SAIS FAIRE ÇA.
HÉ !
TE MOQUE PAS. TENIR DEBOUT, C'EST DUR.
MAIS LA SEMAINE PROCHAINE J'ABORDE L'ART SECRET DU LANCÉ !
TENIR DEBOUT, LANCER... ILS VONT T'APPRENDRE UNE CHORÉGRAPHIE !
MAIS OUI, FIGURE-TOI ! JE DOIS APPRENDRE DIX FAÇONS DE MARCHER EN NINJA.
TU VIS DANS UN FILM DE KUNG-FU !
JE SAIS ! C'EST TROP COOL !

SEMAINE UN.
TONI M'A APPRIS LE YOJI-GAKURE ! C'EST UNE TECHNIQUE DE LANCÉ. DEMAIN ELLE ME LAISSE M'EXERCER AVEC DES SHURIKENS !
SEMAINE DEUX.
C'EST QUOI CET ŒIL AU BEURRE NOIR ?
JE M'EXERÇAIS AU SAUT - ELLE DIT QUE J'AI UN DON - ET J'AI SAUTÉ DANS LE MUR PAR ACCIDENT...
HAHAHAHA
SEMAINE TROIS.
T'AS L'AIR RIDICULE.
C'EST LA MARCHE SURI-ASHI ! LES NINJAS S'EN SERVENT POUR ÉVITER LES PIÈGES.
Y A BEAUCOUP DE PIÈGES À LA CANTINE ?
FERME-LA !
SEMAINE QUATRE.
QU'EST-CE QUE TU FAIS ?
MANIPULATION MENTALE NINJA ! TU AS FAIM...
NON, PAS DU TOUT.
MAINTENANT, SI !
HA HA HA. NON !

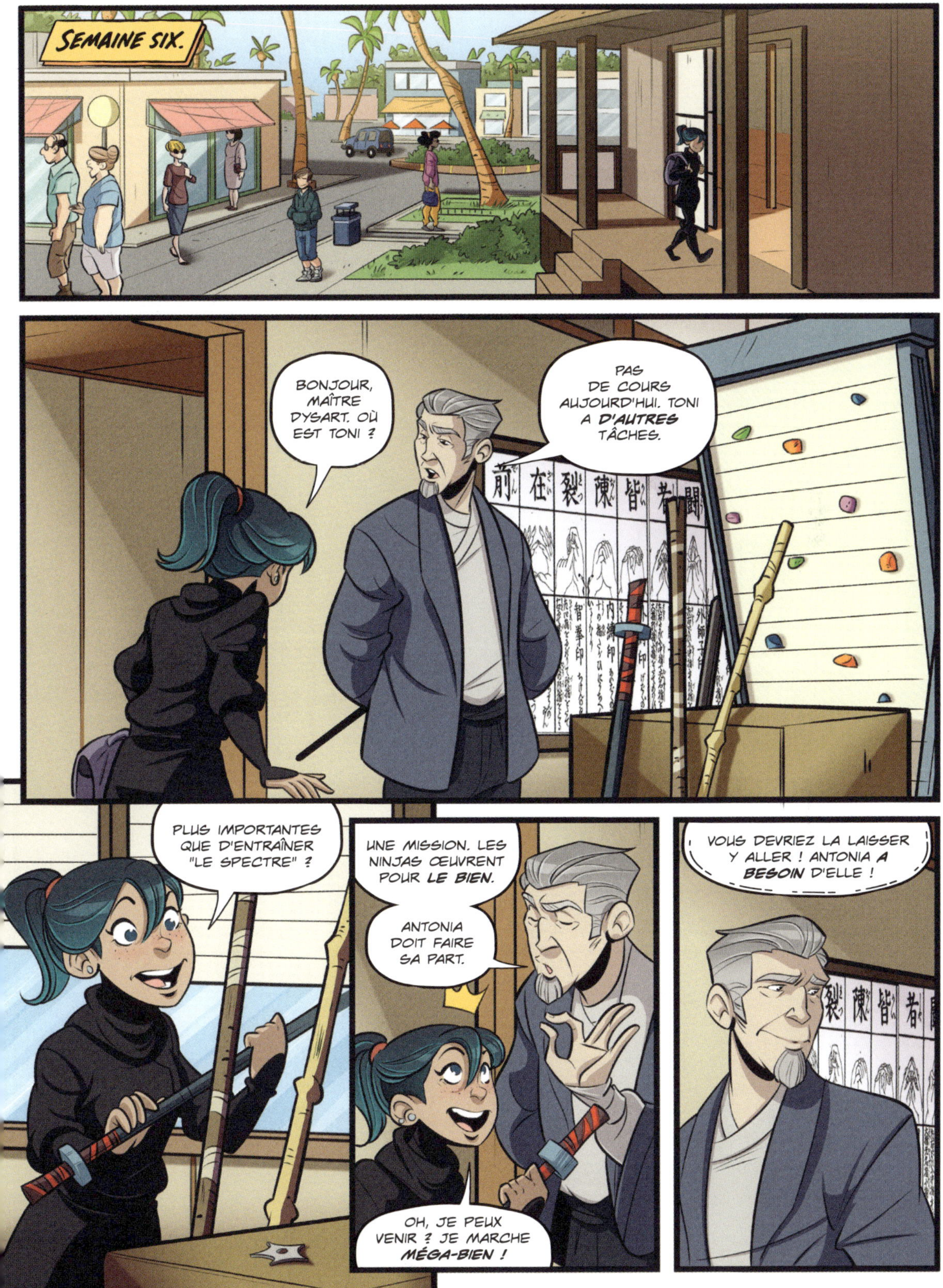
SEMAINE SIX.
BONJOUR, MAÎTRE DYSART. OÙ EST TONI ?
PAS DE COURS AUJOURD'HUI. TONI A **D'AUTRES** TÂCHES.
PLUS IMPORTANTES QUE D'ENTRAÎNER "LE SPECTRE" ?
UNE MISSION. LES NINJAS ŒUVRENT POUR **LE BIEN**.
ANTONIA DOIT FAIRE SA PART.
OH, JE PEUX VENIR ? JE MARCHE **MÉGA-BIEN** !
VOUS DEVRIEZ LA LAISSER Y ALLER ! ANTONIA **A BESOIN** D'ELLE !

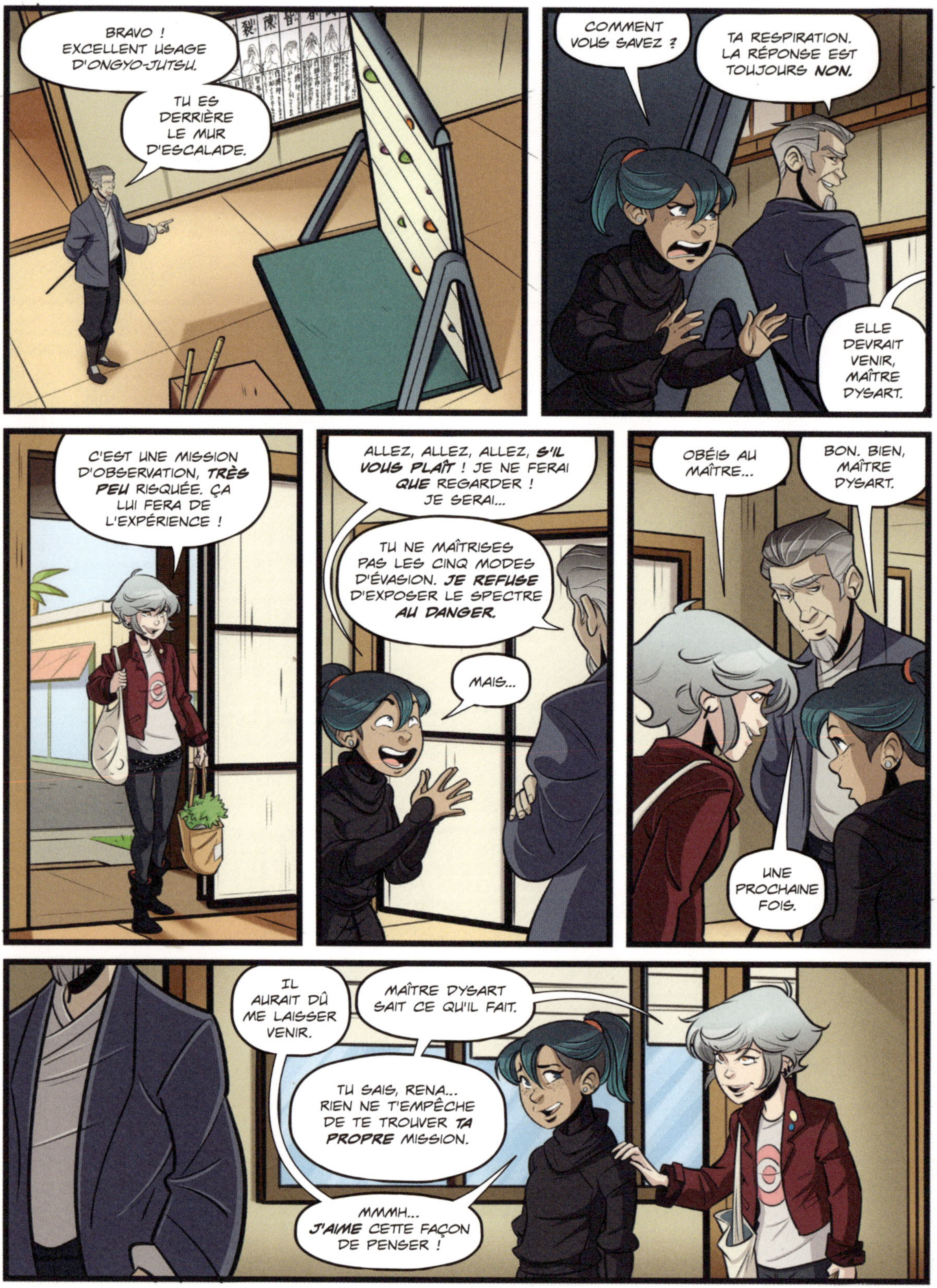
BRAVO ! EXCELLENT USAGE D'ONGYO-JUTSU.
TU ES DERRIÈRE LE MUR D'ESCALADE.
COMMENT VOUS SAVEZ ?
TA RESPIRATION. LA RÉPONSE EST TOUJOURS **NON.**
ELLE DEVRAIT VENIR, MAÎTRE DYSART.
C'EST UNE MISSION D'OBSERVATION, **TRÈS PEU** RISQUÉE. ÇA LUI FERA DE L'EXPÉRIENCE !
ALLEZ, ALLEZ, ALLEZ, **S'IL VOUS PLAÎT** ! JE NE FERAI **QUE** REGARDER ! JE SERAI...
TU NE MAÎTRISES PAS LES CINQ MODES D'ÉVASION. **JE REFUSE** D'EXPOSER LE SPECTRE **AU DANGER.**
MAIS...
OBÉIS AU MAÎTRE...
BON. BIEN, MAÎTRE DYSART.
UNE PROCHAINE FOIS.
IL AURAIT DÛ ME LAISSER VENIR.
MAÎTRE DYSART SAIT CE QU'IL FAIT.
TU SAIS, RENA... RIEN NE T'EMPÊCHE DE TE TROUVER **TA PROPRE** MISSION.
MMMH... **J'AIME** CETTE FAÇON DE PENSER !

CE SOIR-LÀ...
TIENS, TIENS, MATT...
C'EST SYMPA DE TA PART DE FAIRE AUTRE CHOSE QUE DE TERRORISER TOUT LE QUARTIER.
JE CROIS BIEN QUE TON MATCH VA TRÈS MAL SE PASSER.
LANCE LA BALLE, MINUS !
CRACK
JOLI COUP !

AAAH !
OOOPH!
ÉLIMINÉ !
NON !
OUI !
THUMP
OH, QUE.
OUI !

THNK
J'AI... HÉ !
DANS LE MILLE !
TROIS LANCERS, ÉLIMINÉ, C'EST LE JEU !
THWAP
QUOI ? MAIS J'Y VOYAIS RIEN !
MERCI DE NOUS FAIRE **PERDRE**, MATT.
MEILLEUR JOUEUR, PFF !
C'EST PAS DE MA FAUTE ! C'EST COMME SI ON M'AVAIT **MAUDIT** !
PAUVRE MATT. IL ME FAIT PRESQUE **PITIÉ**.
PRESQUE.

CETTE NUIT-LÀ.
KNOCK KNOCK KNOCK KNOCK
WARNING TEENAGER'S ROOM PROCEED WITH CAUTION
KNOCK KNOCK KNOCK KNOCK
HEIN ? QUOI ?
TONI ! QU'EST-CE QUI T'ARRIVE ?
PAS PU ARRIVER AU DOJO...
MA MÈRE VA...
NON ! APPELLE DYSART... DOJO...
TONI ? TONI !
THUMP

TONI...
ELLE S'EN REMETTRA. AIDE-LA À MONTER DANS LE VAN.
UNE CHANCE QU'ELLE SOIT ARRIVÉE JUSQUE CHEZ TOI.
QUE S'EST-IL PASSÉ ?
JE T'EXPLIQUERAI PLUS TARD. RENTRE ET FAIS COMME SI **RIEN DE SPÉCIAL** NE S'ÉTAIT PASSÉ. TU Y ARRIVERAS ?
OUI, D'ACCORD.
VRAIMENT RIEN DE SPÉCIAL.

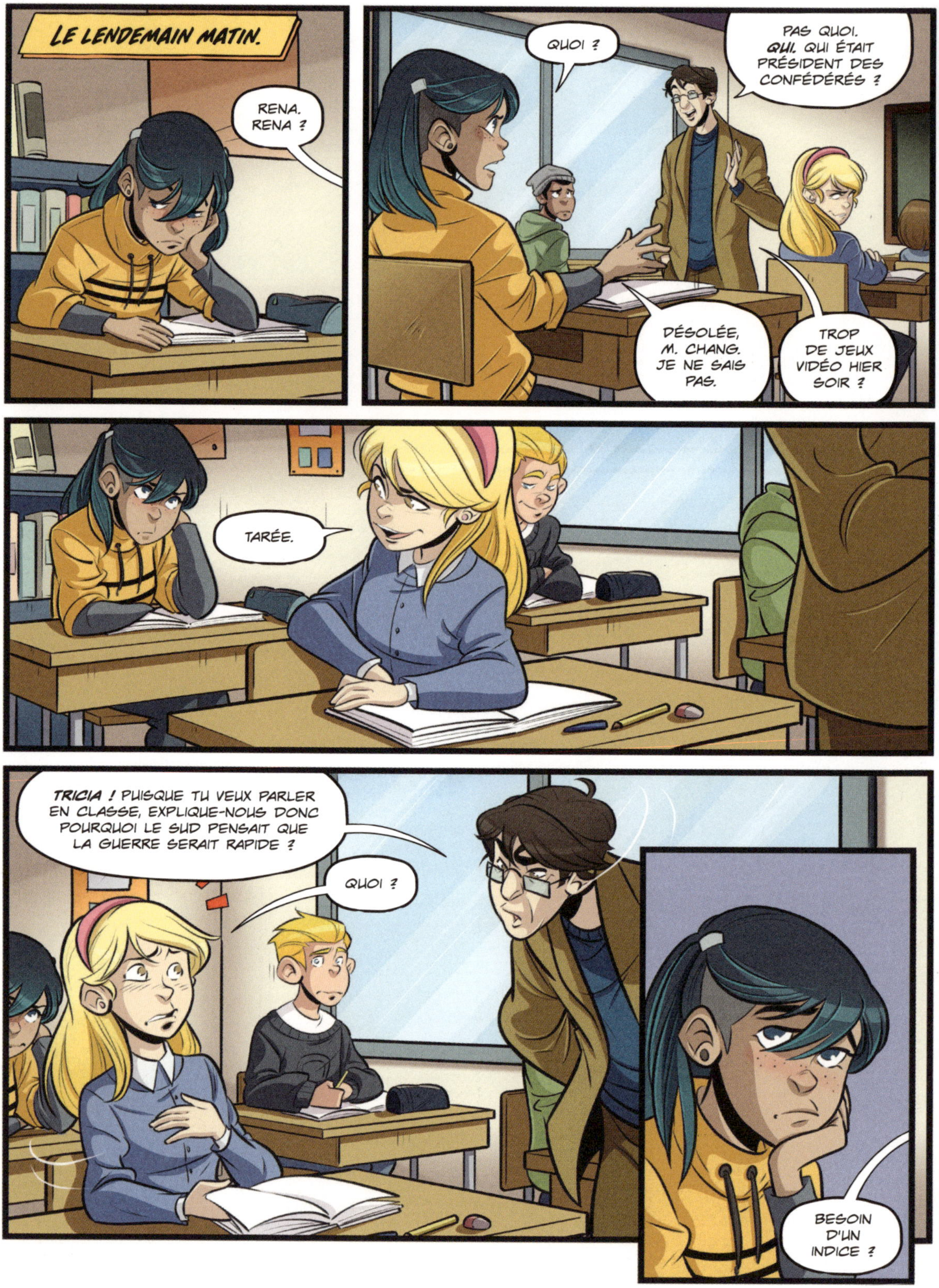
LE LENDEMAIN MATIN.
RENA. RENA ?
QUOI ?
PAS QUOI. QUI. QUI ÉTAIT PRÉSIDENT DES CONFÉDÉRÉS ?
DÉSOLÉE, M. CHANG. JE NE SAIS PAS.
TROP DE JEUX VIDÉO HIER SOIR ?
TARÉE.
TRICIA ! PUISQUE TU VEUX PARLER EN CLASSE, EXPLIQUE-NOUS DONC POURQUOI LE SUD PENSAIT QUE LA GUERRE SERAIT RAPIDE ?
QUOI ?
BESOIN D'UN INDICE ?

APRÈS LES COURS.
C'EST MARQUÉ "FERMÉ" !
ANTONIA !
RENA, MARY. VOUS N'AVEZ PAS REÇU MON MESSAGE ANNULANT LES COURS D'AUJOURD'HUI ?
DÉSOLÉ, ELLE M'A JURÉ QUE C'ÉTAIT UNE ERREUR.
MAÎTRE DYSART POURRAIT PEUT-ÊTRE ME DONNER UN COURS PARTICULIER ?
COMMENT REFUSER DEVANT UNE TELLE MOTIVATION !
TRÈS BIEN. MARY, REVENEZ DANS UNE HEURE ET DEMIE.
VOUS ÊTES SÛR ?
OUI, ÇA NE ME DÉRANGE PAS !
COMMENT VA ANTONIA ? MIEUX ? QU'EST-CE QUI LUI EST ARRIVÉ ?
ELLE EST ARRIVÉE EN SANG ! J'AI NETTOYÉ, MAIS J'ÉTAIS... AH OUI.
OUI. CALMER MON ESPRIT.

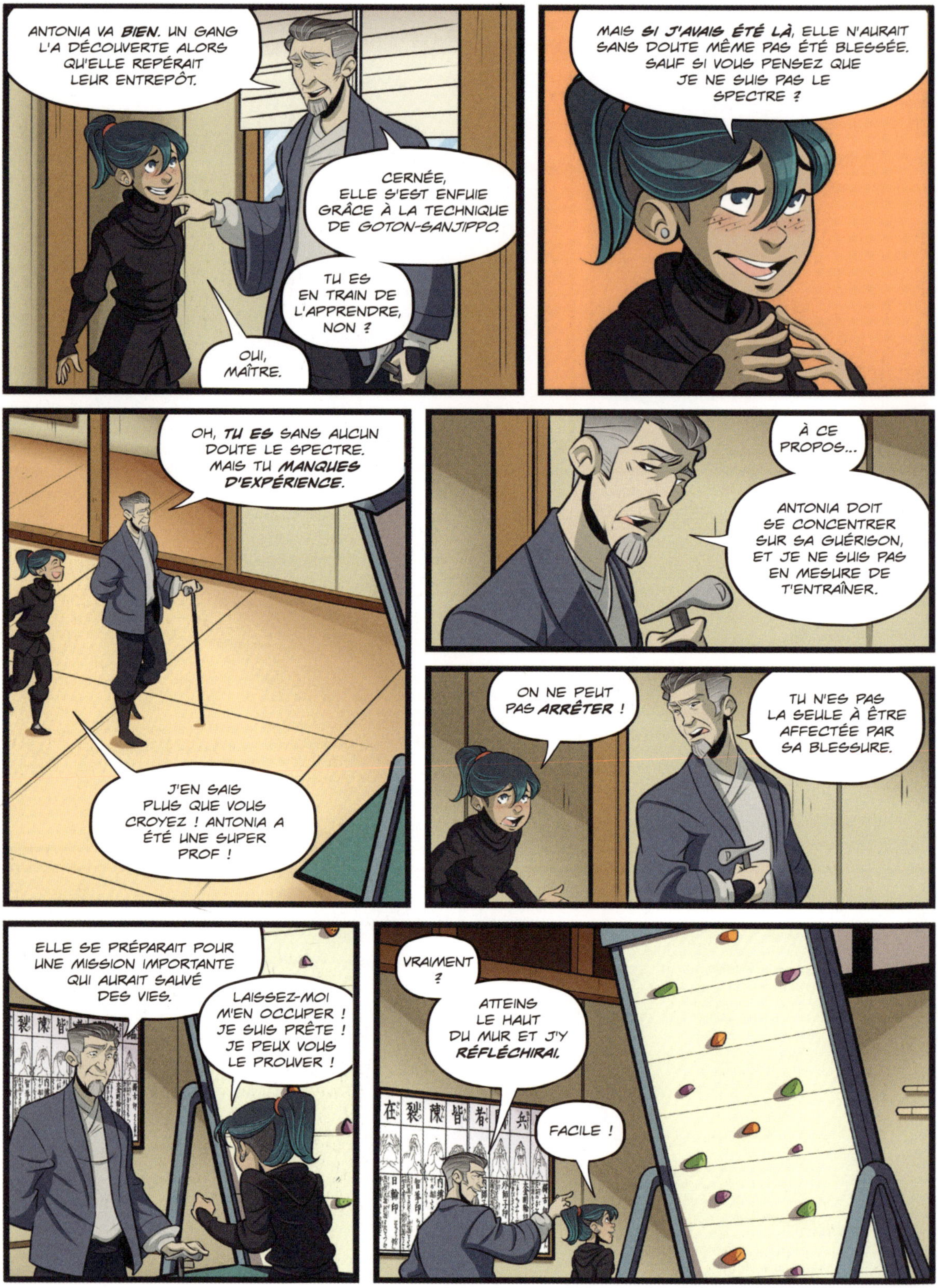
ANTONIA VA **BIEN**. UN GANG L'A DÉCOUVERTE ALORS QU'ELLE REPÉRAIT LEUR ENTREPÔT.
CERNÉE, ELLE S'EST ENFUIE GRÂCE À LA TECHNIQUE DE GOTON-SANJIPPO.
TU ES EN TRAIN DE L'APPRENDRE, NON ?
OUI, MAÎTRE.
MAIS **SI J'AVAIS ÉTÉ LÀ**, ELLE N'AURAIT SANS DOUTE MÊME PAS ÉTÉ BLESSÉE. SAUF SI VOUS PENSEZ QUE JE NE SUIS PAS LE SPECTRE ?
OH, **TU ES** SANS AUCUN DOUTE LE SPECTRE. MAIS TU **MANQUES D'EXPÉRIENCE**.
J'EN SAIS PLUS QUE VOUS CROYEZ ! ANTONIA A ÉTÉ UNE SUPER PROF !
À CE PROPOS...
ANTONIA DOIT SE CONCENTRER SUR SA GUÉRISON, ET JE NE SUIS PAS EN MESURE DE T'ENTRAÎNER.
ON NE PEUT PAS **ARRÊTER** !
TU N'ES PAS LA SEULE À ÊTRE AFFECTÉE PAR SA BLESSURE.
ELLE SE PRÉPARAIT POUR UNE MISSION IMPORTANTE QUI AURAIT SAUVÉ DES VIES.
LAISSEZ-MOI M'EN OCCUPER ! JE SUIS PRÊTE ! JE PEUX VOUS LE PROUVER !
VRAIMENT ?
ATTEINS LE HAUT DU MUR ET J'Y **RÉFLÉCHIRAI**.
FACILE !

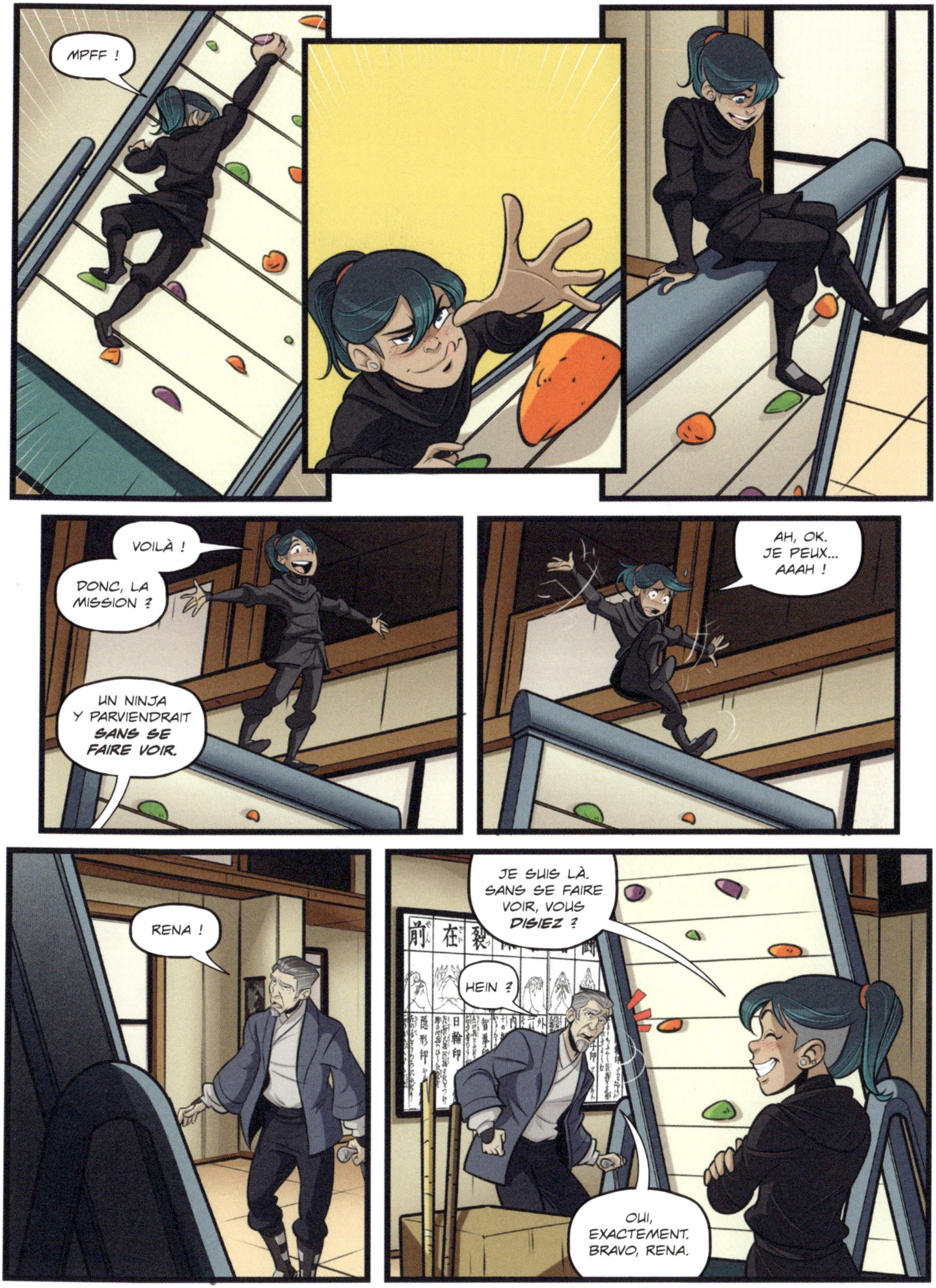
MPFF !
VOILÀ !
DONC, LA MISSION ?
UN NINJA Y PARVIENDRAIT **SANS SE FAIRE VOIR.**
AH, OK. JE PEUX... AAAH !
RENA !
JE SUIS LÀ. SANS SE FAIRE VOIR, VOUS **DISIEZ** ?
HEIN ?
OUI, EXACTEMENT. BRAVO, RENA.

CE SOIR-LÀ...
TO SPACE
C'EST TOP-SECRET, MAIS JE VAIS M'INTRODUIRE DANS UNE ENTREPRISE HIGH-TECH POUR PROUVER QU'ILS FONT DES RECHERCHES ILLÉGALES, ET LE FBI LES FERA FERMER.
WARNING TEENAGER'S ROOM PROCEED WITH CAUTION
JE DOIS JUSTE PASSER UNE ÉPREUVE DE NINJA, ET JE DÉCROCHE LA MISSION !
T'EN FAIS UNE TÊTE !
ÇA A L'AIR SUPER DANGEREUX.
C'EST TOI QUI M'AS CONVAINCUE DE DEVENIR NINJA !
TU VAS PAS UN PEU VITE ? SI TU PEUX T'INTRODUIRE DANS UN BÂTIMENT, TU PEUX VENIR VOIR UN AMI, NON ?
J'AIMERAIS BIEN. JE SAIS PAS...

MAIS ENFIN, TU RÉALISES QUE JE NE PEUX ALLER NULLE PART ?
C'EST JUSTE MA MAISON, PAS UN PARC D'ATTRACTIONS !
DÉSOLÉE !
JE SUIS PLUS FACILEMENT NINJA QUE SOCIABLE. JE SAIS PAS POURQUOI.
IL EST TARD. JE DOIS Y ALLER.
NON, ATTENDS !
PARDON, SIDNEY.

CABINET DU DR. MENOLY.
BONJOUR.
ENTRE, RENA.
JE NE M'ATTENDAIS PAS À UN APPEL DE TA MÈRE. TOUT VA BIEN ?
POURQUOI J'ARRIVE À ALLER À L'ÉCOLE DE NINJAS ET PAS CHEZ MON MEILLEUR AMI ?
TON ANGOISSE VIENT D'UNE PEUR QUE LES GENS T'OBSERVENT, TE JUGENT. MAIS ÊTRE FORTE EN KUNG-FU...
NINJUTSU...
... TE DONNE CONFIANCE EN TOI. COMME LA THÉRAPIE, ÇA ENTRAÎNE TON ESPRIT À IGNORER LA PEUR.
TON ESPRIT SAIT QUE TU ES BONNE EN JUDO...
NINJUTSU.
... CE QUI TE REND CONFIANTE. MAIS TU NE L'AS PAS ENCORE CONVAINCU QUE TU ES SOCIABLE, DONC CETTE ANGOISSE PERSISTE.
MAIS TU AS FAIT D'IMMENSES PROGRÈS. LE KARATÉ...
NINJUTSU !
PARDON ! ÇA T'AIDE. TU BOIRAS DU THÉ AVEC TES AMIS AVANT MÊME DE T'EN RENDRE COMPTE.
DOCTEUR, MÊME MOI JE SAIS QUE PLUS PERSONNE NE BOIT DE THÉ...
MERCI.

... ET IL A FAIT UNE BLAGUE ! ELLE N'ÉTAIT PAS TRÈS DRÔLE. JE NE M'EN SOUVIENS MÊME PLUS.
CAFÉ
MAIS C'ÉTAIT UNE BLAGUE D'ENFANT DE SIX ANS. CE QUI EST MARRANT, C'EST QUE JUNIOR **LA TROUVAIT DRÔLE.**
APRÈS L'AVOIR RACONTÉE, IL A RI ! DE SA BLAGUE ! **TU TE RENDS COMPTE** ?
MAMAN... OÙ ON VA ?
JE NE T'AI PAS DIT ? M. DYSART A LAISSÉ UN MESSAGE POUR DIRE QUE L'ÉCOLE AVAIT DÉMÉNAGÉ. J'AI DÛ OUBLIER. **TU ME CONNAIS** !
WAOUH !
EUH... ÇA SEMBLE **EXCESSIF** POUR UNE ÉCOLE DE KARATÉ.
DE NINJUTSU, MAMAN, BON SANG !
PARDON !

SALUT, RENA !
OH LA LA ! TU T'ES BLESSÉE EN FAISANT DU KAR... EUH, DU NINJUTSU ? C'EST ARRIVÉ **ICI** ?
TONI !
NON, NON ! JE SUIS TOMBÉE DE VÉLO EN ALLANT AU LYCÉE.
LE COURS N'A **RIEN** DE DANGEREUX.
EST-CE QUE JE POURRAIS RESTER REGARDER ?
OUI, BIEN SÛR ! VOUS SEREZ **TRÈS** IMPRESSIONNÉE PAR CE QUE RENA A APPRIS.
AAAH ! JE NE VOUS AI PAS VU ARRIVER !
MAMAN, NON, JE T'EN PRIE ! JE SERAI TROP **GÊNÉE** SI TU REGARDES.
SOUHAITERIEZ-VOUS VISITER NOTRE SALLE D'ATTENTE ? IL Y A DU CAFÉ, UN FAUTEUIL MASSANT, ET LE WIFI.
LE WIFI ? BON, OK. AMUSE-TOI BIEN, RENA.

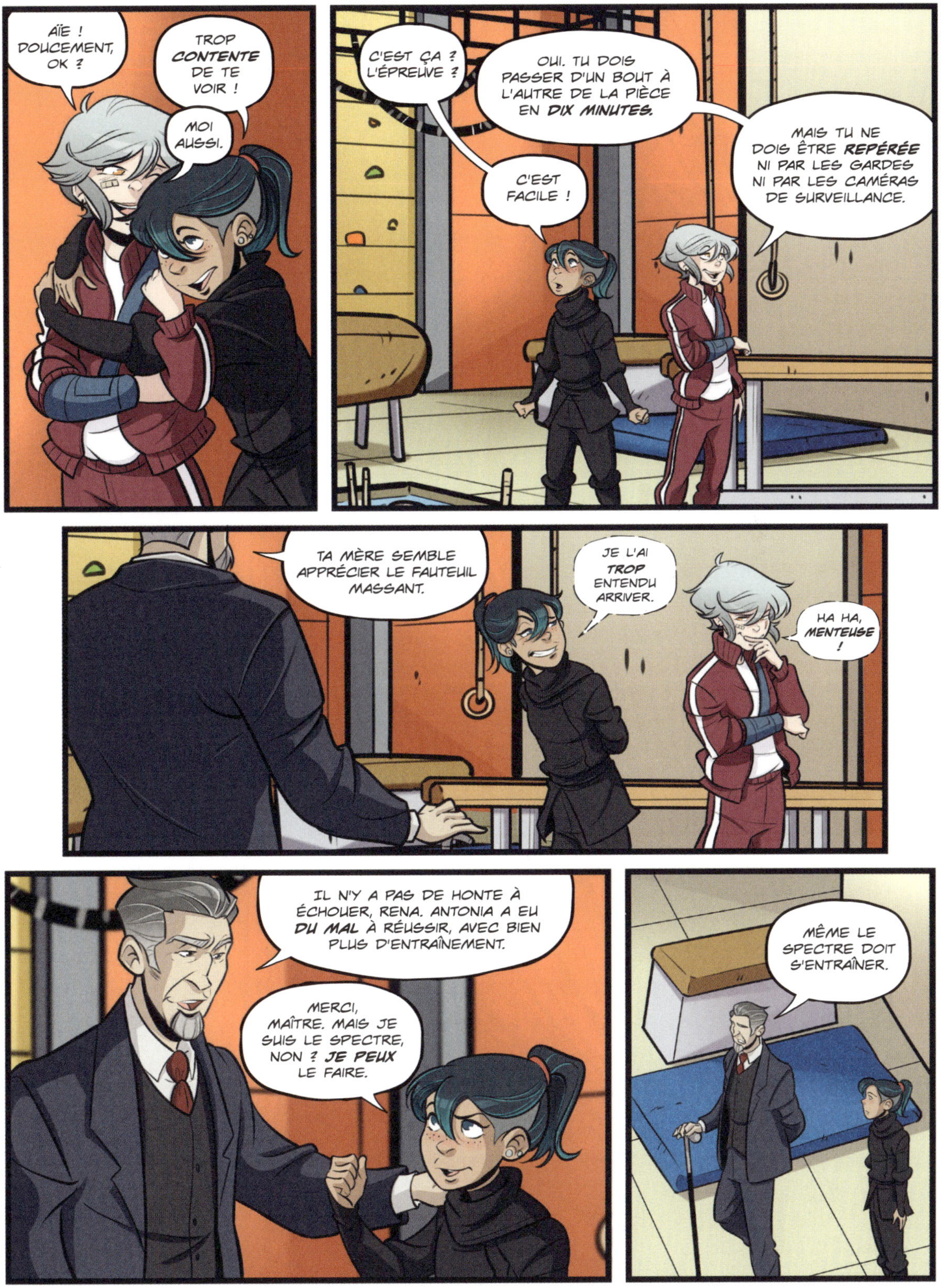
AÏE ! DOUCEMENT, OK ?
TROP CONTENTE DE TE VOIR !
MOI AUSSI.
C'EST ÇA ? L'ÉPREUVE ?
OUI. TU DOIS PASSER D'UN BOUT À L'AUTRE DE LA PIÈCE EN DIX MINUTES.
C'EST FACILE !
MAIS TU NE DOIS ÊTRE REPÉRÉE NI PAR LES GARDES NI PAR LES CAMÉRAS DE SURVEILLANCE.
TA MÈRE SEMBLE APPRÉCIER LE FAUTEUIL MASSANT.
JE L'AI TROP ENTENDU ARRIVER.
HA HA, MENTEUSE !
IL N'Y A PAS DE HONTE À ÉCHOUER, RENA. ANTONIA A EU DU MAL À RÉUSSIR, AVEC BIEN PLUS D'ENTRAÎNEMENT.
MERCI, MAÎTRE. MAIS JE SUIS LE SPECTRE, NON ? JE PEUX LE FAIRE.
MÊME LE SPECTRE DOIT S'ENTRAÎNER.

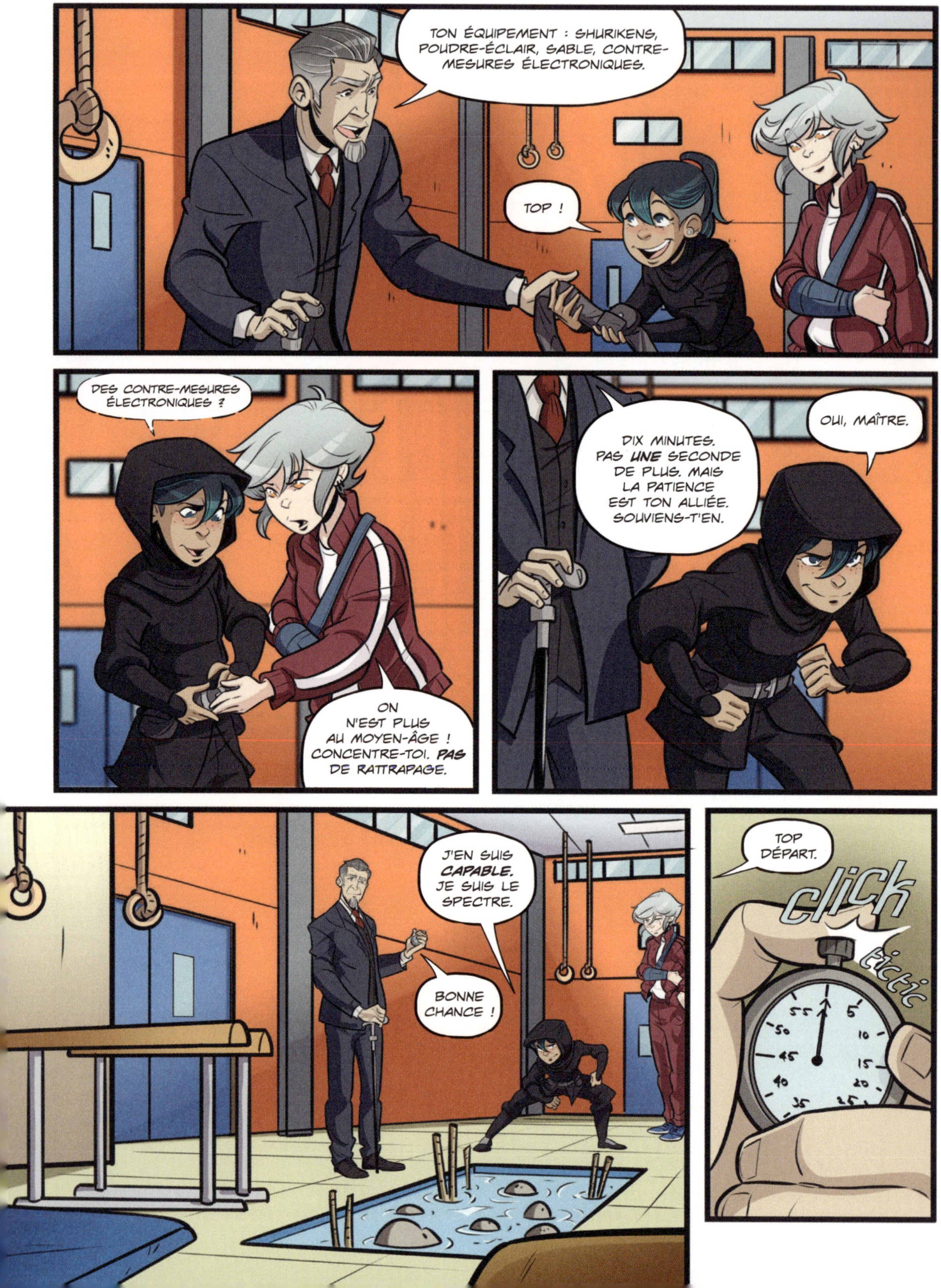
TON ÉQUIPEMENT : SHURIKENS, POUDRE-ÉCLAIR, SABLE, CONTRE-MESURES ÉLECTRONIQUES.
TOP !
DES CONTRE-MESURES ÉLECTRONIQUES ?
ON N'EST PLUS AU MOYEN-ÂGE ! CONCENTRE-TOI. PAS DE RATTRAPAGE.
DIX MINUTES. PAS UNE SECONDE DE PLUS. MAIS LA PATIENCE EST TON ALLIÉE. SOUVIENS-T'EN.
OUI, MAÎTRE.
J'EN SUIS CAPABLE. JE SUIS LE SPECTRE.
BONNE CHANCE !
TOP DÉPART.
click
tictic

00:22
01:04
SWISH
01:59
JE VAIS T'AVOIR...
04:11
HEIN ?
06:15

09:23
OOOOF !
TU AS ENTENDU ÇA ?
ATTENTION. ELLE DOIT ÊTRE TOUT PRÈS !
EXIT
09:32
EXIT
COMMENT TONI FERAIT-ELLE DIVERSION ?

09:44
MOUVEMENT DANS LE SECTEUR EST !
VAS-Y EN RENFORT. JE SURVEILLE LA PORTE.
09:52
09:54
THAP THAP THAP THAP THAP
09:56
QUE...
09:58
THUMP
OUF ! ALORS, MON CHRONO ?
C'EST BON ? J'AI RÉUSSI ?

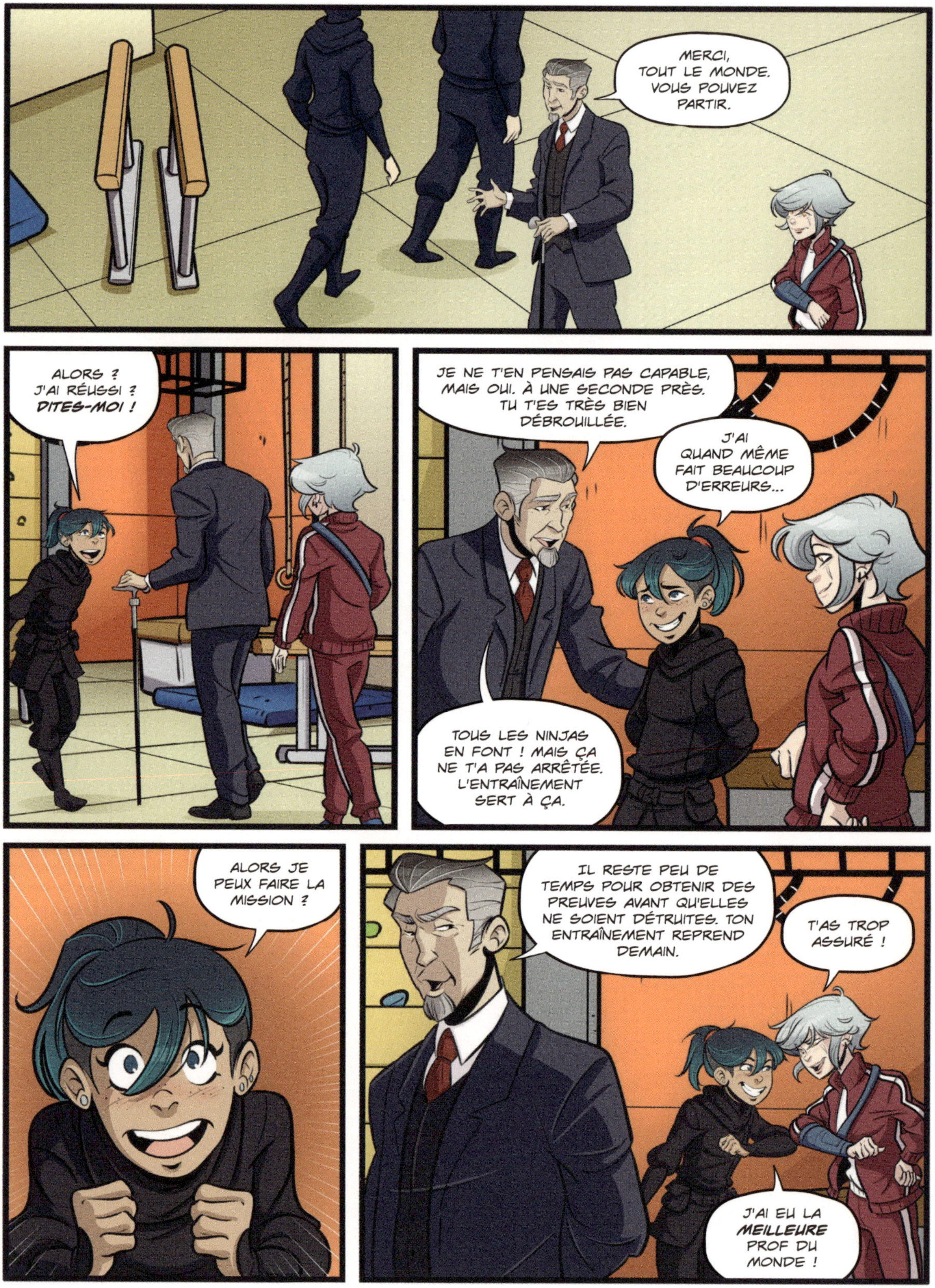
MERCI, TOUT LE MONDE. VOUS POUVEZ PARTIR.
ALORS ? J'AI RÉUSSI ? DITES-MOI !
JE NE T'EN PENSAIS PAS CAPABLE, MAIS OUI. À UNE SECONDE PRÈS. TU T'ES TRÈS BIEN DÉBROUILLÉE.
J'AI QUAND MÊME FAIT BEAUCOUP D'ERREURS...
TOUS LES NINJAS EN FONT ! MAIS ÇA NE T'A PAS ARRÊTÉE. L'ENTRAÎNEMENT SERT À ÇA.
ALORS JE PEUX FAIRE LA MISSION ?
IL RESTE PEU DE TEMPS POUR OBTENIR DES PREUVES AVANT QU'ELLES NE SOIENT DÉTRUITES. TON ENTRAÎNEMENT REPREND DEMAIN.
T'AS TROP ASSURÉ !
J'AI EU LA MEILLEURE PROF DU MONDE !

LE LENDEMAIN...
SA PERFORMANCE SUR LE PARCOURS D'OBSTACLES A ÉTÉ STUPÉFIANTE. AU-DELÀ DE MES ATTENTES.
MAIS EST-ELLE PRÊTE POUR SA VRAIE TÂCHE ? IL EST ENCORE TEMPS D'AGIR EN FORCE.
JE SUIS TOUT À FAIT CERTAIN...
"... QUE RENA RÉUSSIRA."
JE POURRAI JAMAIS ENTRER LÀ-DEDANS ! CE TRUC EST UNE VRAIE FORTERESSE !
QUAND C'EST FACILE, PAS BESOIN DE NINJA.
TU N'ES PEUT-ÊTRE PAS ENCORE PRÊTE ?
HÉ, TU PEUX LE FAIRE ! TU ES NÉE POUR ÊTRE NINJA.
MOUAIS...

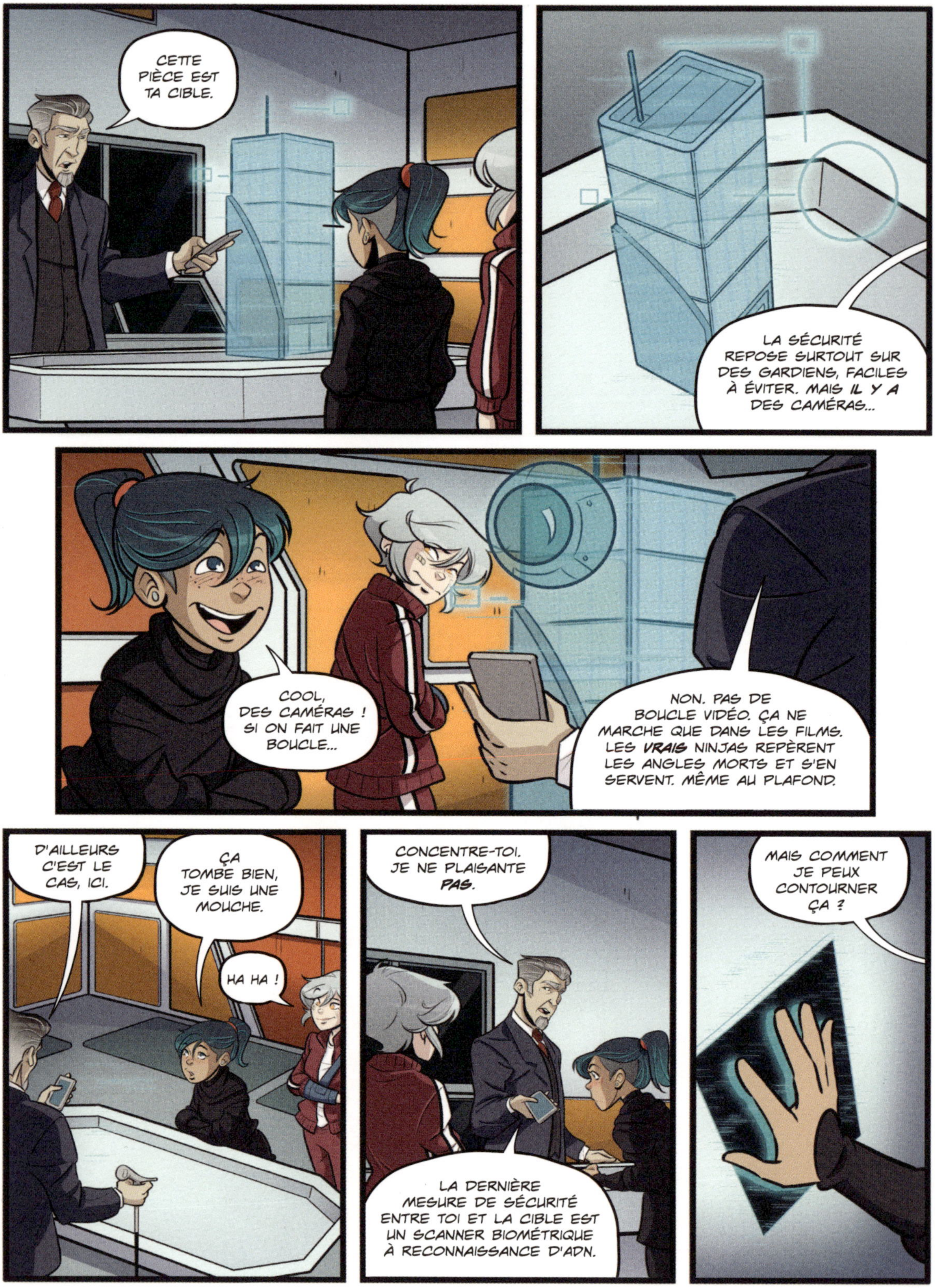
CETTE PIÈCE EST TA CIBLE.
LA SÉCURITÉ REPOSE SURTOUT SUR DES GARDIENS, FACILES À ÉVITER. MAIS **IL Y A** DES CAMÉRAS...
COOL, DES CAMÉRAS ! SI ON FAIT UNE BOUCLE...
NON. PAS DE BOUCLE VIDÉO. ÇA NE MARCHE QUE DANS LES FILMS. LES ***VRAIS*** NINJAS REPÈRENT LES ANGLES MORTS ET S'EN SERVENT. MÊME AU PLAFOND.
D'AILLEURS C'EST LE CAS, ICI.
ÇA TOMBE BIEN, JE SUIS UNE MOUCHE.
HA HA !
CONCENTRE-TOI. JE NE PLAISANTE ***PAS***.
LA DERNIÈRE MESURE DE SÉCURITÉ ENTRE TOI ET LA CIBLE EST UN SCANNER BIOMÉTRIQUE À RECONNAISSANCE D'ADN.
MAIS COMMENT JE PEUX CONTOURNER ÇA ?

LE LANCEUR D'ALERTE QUI NOUS A AVERTIS SUR CE PROGRAMME ENTRERA TON EMPREINTE DANS LE SYSTÈME.
ET JE FAIS QUOI UNE FOIS QUE J'AI PASSÉ LE SCANNER ?
TU APPUIES SUR LE BOUTON JAUNE DE CET APPAREIL QUI COPIERA LES DONNÉES NÉCESSAIRES. PUIS TU N'AS PLUS QU'À REVENIR SUR TES PAS.
ÇA A L'AIR BEAUCOUP PLUS DUR QUE L'ÉPREUVE !
OUI. MAIS JE SAIS QUE TU Y ARRIVERAS.
DES VIES SONT EN JEU. J'ACCEPTE. JE SUIS LE SPECTRE.
J'AI FAIT ADAPTER LE PARCOURS D'OBSTACLES À TA MISSION. TU AS TROIS JOURS POUR T'ENTRAÎNER.

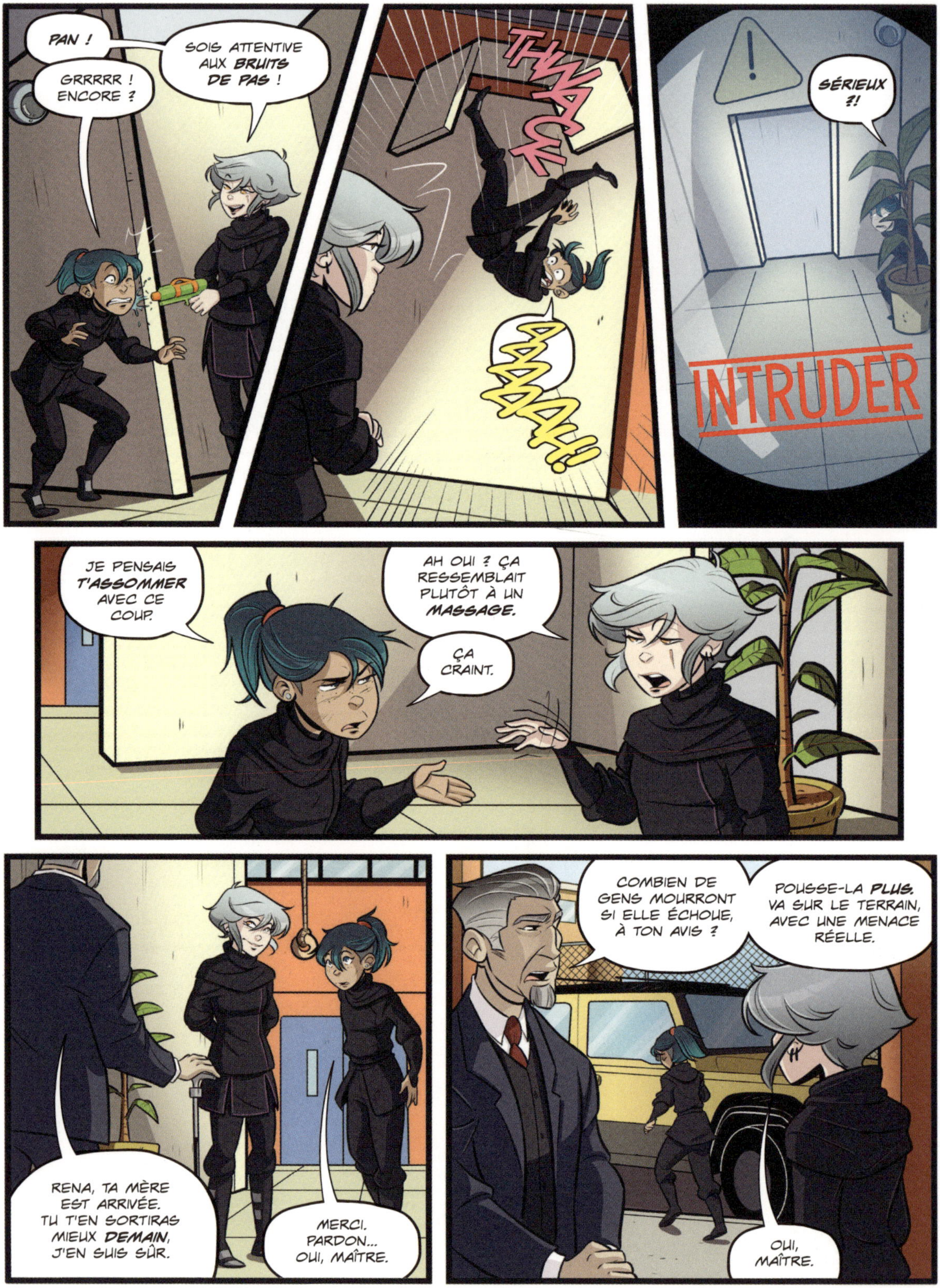
PAN !
GRRRRR ! ENCORE ?
SOIS ATTENTIVE AUX BRUITS DE PAS !
THWACK
AAAAAH !
SÉRIEUX ?!
INTRUDER
JE PENSAIS T'ASSOMMER AVEC CE COUP.
AH OUI ? ÇA RESSEMBLAIT PLUTÔT À UN MASSAGE.
ÇA CRAINT.
RENA, TA MÈRE EST ARRIVÉE. TU T'EN SORTIRAS MIEUX DEMAIN, J'EN SUIS SÛR.
MERCI. PARDON... OUI, MAÎTRE.
COMBIEN DE GENS MOURRONT SI ELLE ÉCHOUE, À TON AVIS ?
POUSSE-LA PLUS. VA SUR LE TERRAIN, AVEC UNE MENACE RÉELLE.
OUI, MAÎTRE.

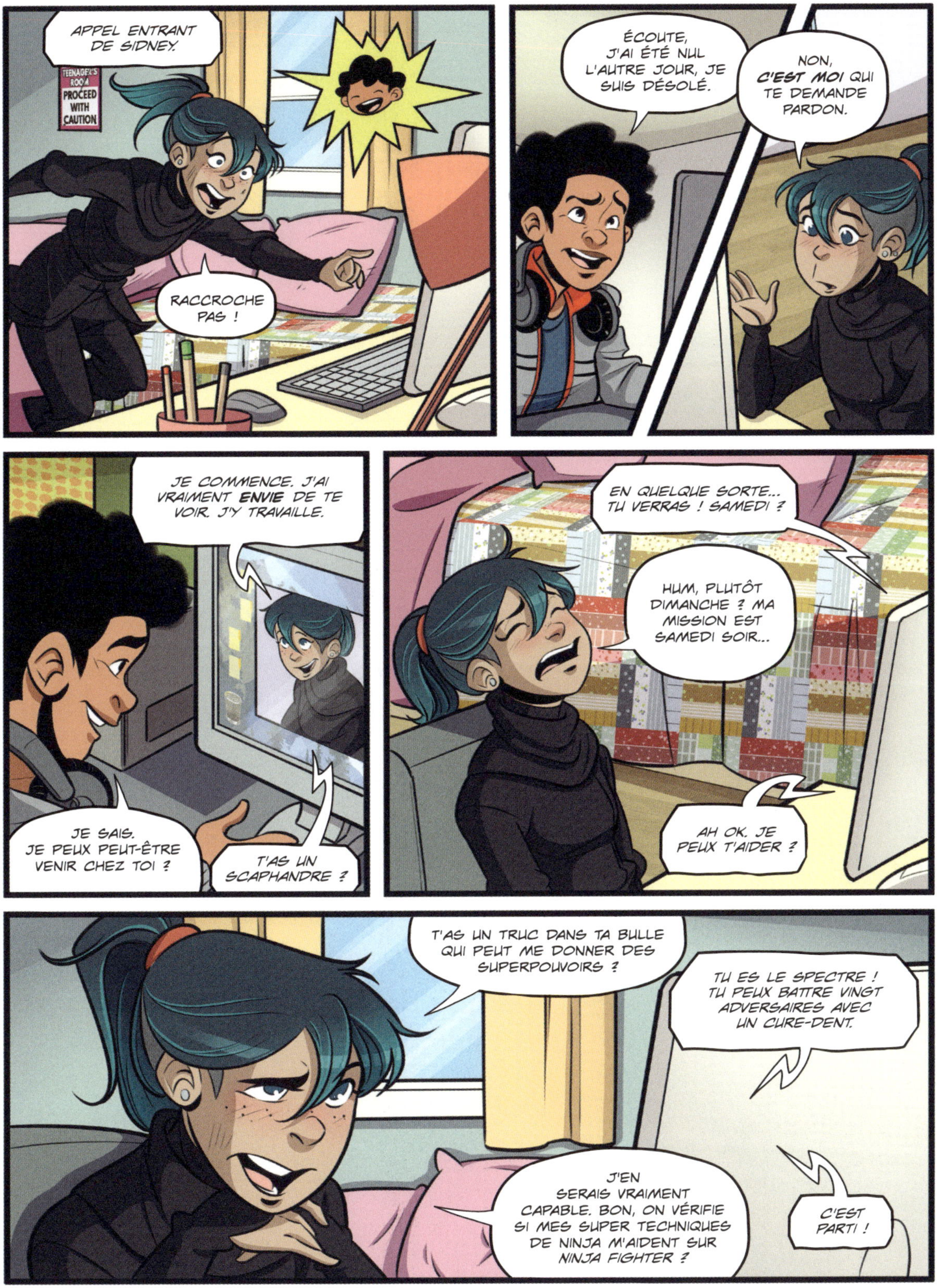
APPEL ENTRANT DE SIDNEY.
TEENAGER'S ROOM PROCEED WITH CAUTION
RACCROCHE PAS !
ÉCOUTE, J'AI ÉTÉ NUL L'AUTRE JOUR, JE SUIS DÉSOLÉ.
NON, **C'EST MOI** QUI TE DEMANDE PARDON.
JE COMMENCE. J'AI VRAIMENT **ENVIE** DE TE VOIR. J'Y TRAVAILLE.
JE SAIS. JE PEUX PEUT-ÊTRE VENIR CHEZ TOI ?
T'AS UN SCAPHANDRE ?
EN QUELQUE SORTE... TU VERRAS ! SAMEDI ?
HUM, PLUTÔT DIMANCHE ? MA MISSION EST SAMEDI SOIR...
AH OK. JE PEUX T'AIDER ?
T'AS UN TRUC DANS TA BULLE QUI PEUT ME DONNER DES SUPERPOUVOIRS ?
TU ES LE SPECTRE ! TU PEUX BATTRE VINGT ADVERSAIRES AVEC UN CURE-DENT.
J'EN SERAIS VRAIMENT CAPABLE. BON, ON VÉRIFIE SI MES SUPER TECHNIQUES DE NINJA M'AIDENT SUR NINJA FIGHTER ?
C'EST PARTI !

HÉ ! POLICE !
"BON, ON VA VOIR SI TU PEUX LE MAÎTRISER SANS TE FAIRE REPÉRER."
MERCREDI.
CENTRAL, EUH... ON A ATTRAPÉ LE VOLEUR. IL A DÛ TRÉBUCHER, SANS DOUTE.
BIEN JOUÉ !
MERCI ! JE PEUX CHOISIR LA CIBLE, DEMAIN ?
JEUDI.
HÉ ! OÙ EST MON BURGER ?
TU NOUS ACCUSES OU QUOI ?
MMMMM ! HMMM-MMM-MMMM !
PAS MAL... POURQUOI T'AS PAS PRIS LES FRITES ?
HAHAHAHA!

À L'ARRIÈRE DE LA BIJOUTERIE SROKA, ILS ONT LE TYPE DE **CAMÉRAS DE SURVEILLANCE** QUE TU DEVRAS DÉSACTIVER DEMAIN.
VENDREDI.
"OCCUPE-TOI DE LA CAMÉRA, PUIS TIENS CE MESSAGE."
PLINK
THWAP
JE **SUIS** LE SPECTRE !
JE SUIS VENUE VOLER TOUS LES DIAMANTS ♡

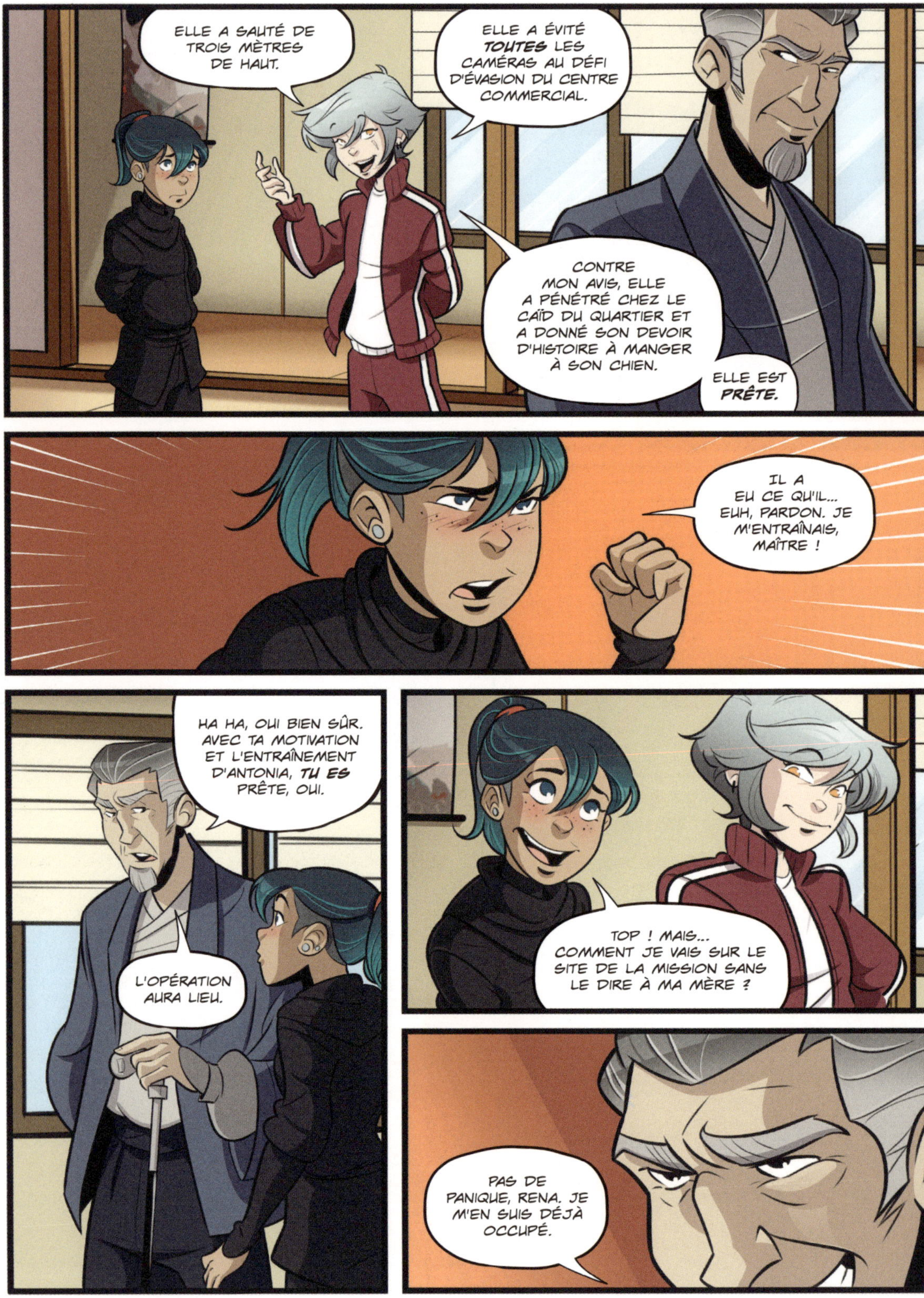
ELLE A SAUTÉ DE TROIS MÈTRES DE HAUT.
ELLE A ÉVITÉ **TOUTES** LES CAMÉRAS AU DÉFI D'ÉVASION DU CENTRE COMMERCIAL.
CONTRE MON AVIS, ELLE A PÉNÉTRÉ CHEZ LE CAÏD DU QUARTIER ET A DONNÉ SON DEVOIR D'HISTOIRE À MANGER À SON CHIEN.
ELLE EST **PRÊTE.**
IL A EU CE QU'IL... EUH, PARDON. JE M'ENTRAÎNAIS, MAÎTRE !
HA HA, OUI BIEN SÛR. AVEC TA MOTIVATION ET L'ENTRAÎNEMENT D'ANTONIA, **TU ES** PRÊTE, OUI.
L'OPÉRATION AURA LIEU.
TOP ! MAIS... COMMENT JE VAIS SUR LE SITE DE LA MISSION SANS LE DIRE À MA MÈRE ?
PAS DE PANIQUE, RENA. JE M'EN SUIS DÉJÀ OCCUPÉ.

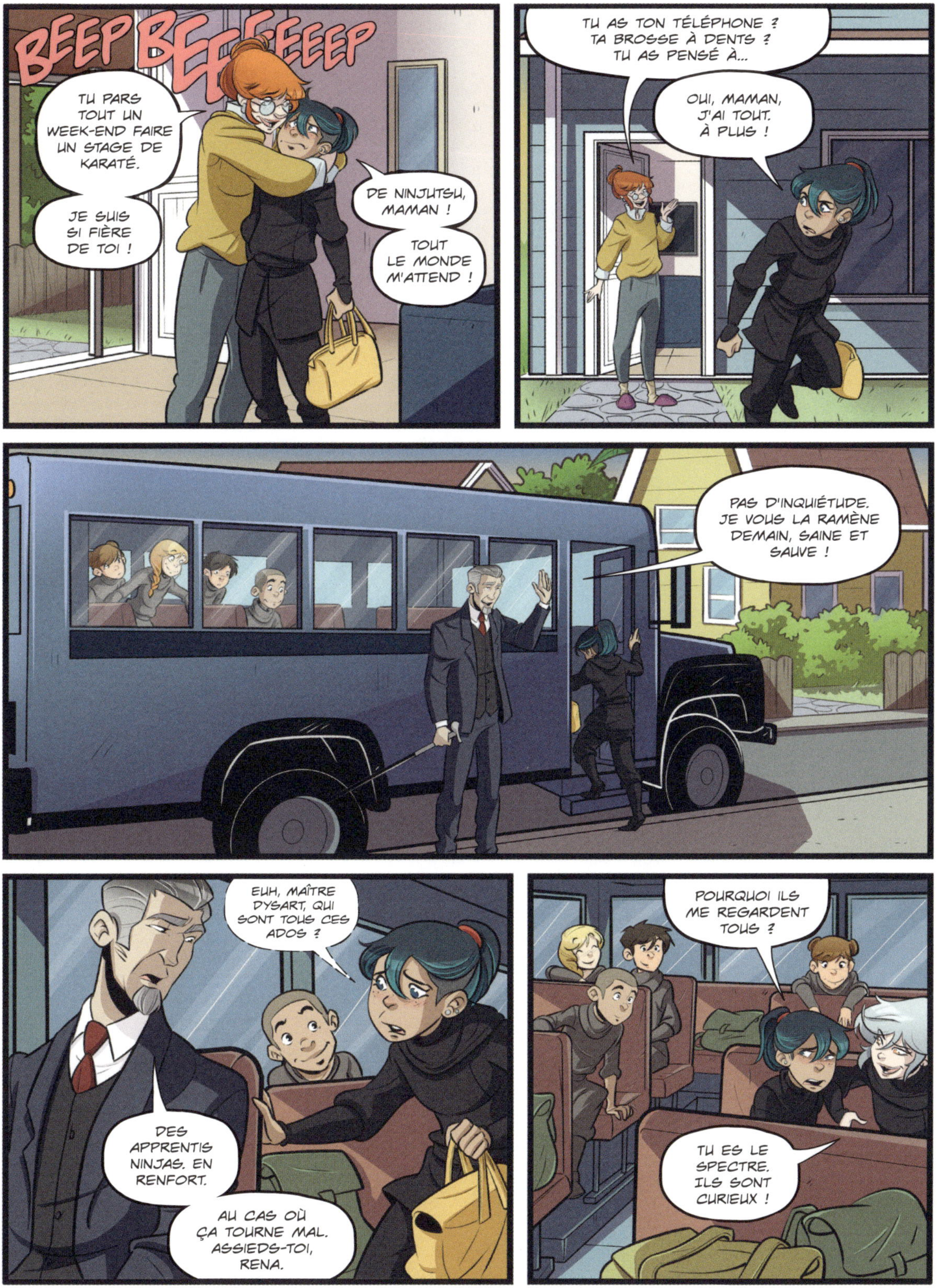
BEEP BEEEEEEP
TU PARS TOUT UN WEEK-END FAIRE UN STAGE DE KARATÉ.
JE SUIS SI FIÈRE DE TOI !
DE NINJUTSU, MAMAN !
TOUT LE MONDE M'ATTEND !
TU AS TON TÉLÉPHONE ? TA BROSSE À DENTS ? TU AS PENSÉ À...
OUI, MAMAN, J'AI TOUT. À PLUS !
PAS D'INQUIÉTUDE. JE VOUS LA RAMÈNE DEMAIN, SAINE ET SAUVE !
EUH, MAÎTRE DYSART, QUI SONT TOUS CES ADOS ?
DES APPRENTIS NINJAS. EN RENFORT.
AU CAS OÙ ÇA TOURNE MAL. ASSIEDS-TOI, RENA.
POURQUOI ILS ME REGARDENT TOUS ?
TU ES LE SPECTRE. ILS SONT CURIEUX !

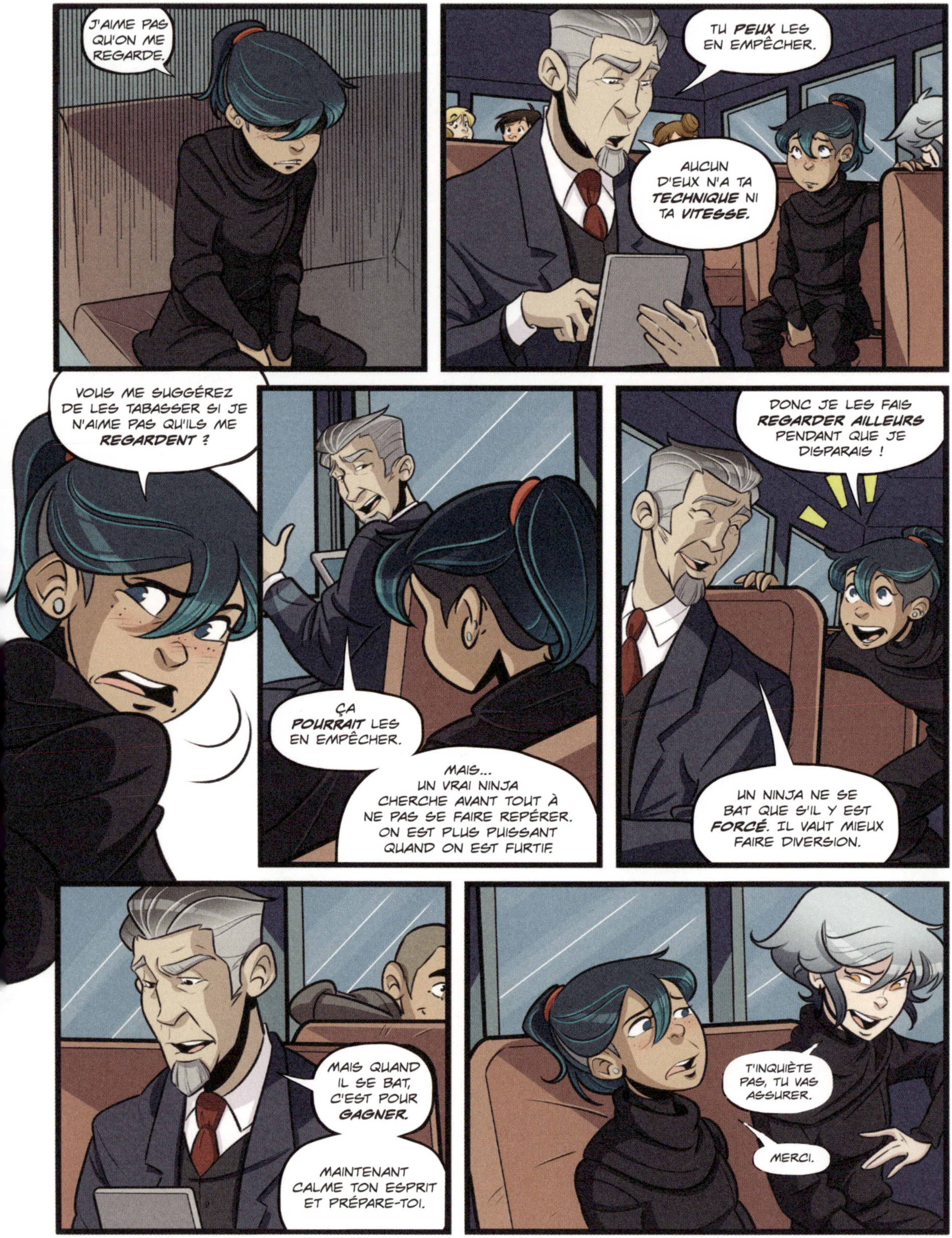
J'AIME PAS QU'ON ME REGARDE.
TU PEUX LES EN EMPÊCHER.
AUCUN D'EUX N'A TA TECHNIQUE NI TA VITESSE.
VOUS ME SUGGÉREZ DE LES TABASSER SI JE N'AIME PAS QU'ILS ME REGARDENT ?
ÇA POURRAIT LES EN EMPÊCHER.
MAIS... UN VRAI NINJA CHERCHE AVANT TOUT À NE PAS SE FAIRE REPÉRER. ON EST PLUS PUISSANT QUAND ON EST FURTIF.
UN NINJA NE SE BAT QUE S'IL Y EST FORCÉ. IL VAUT MIEUX FAIRE DIVERSION.
DONC JE LES FAIS REGARDER AILLEURS PENDANT QUE JE DISPARAIS !
MAIS QUAND IL SE BAT, C'EST POUR GAGNER.
MAINTENANT CALME TON ESPRIT ET PRÉPARE-TOI.
T'INQUIÈTE PAS, TU VAS ASSURER.
MERCI.

EMERGENT TECHNOLOGIES.
"DEUX CHOSES AVANT QUE TU Y AILLES. UN : LA PIÈCE QUE TU VISES A PEUT-ÊTRE UN BROUILLEUR."
PLINK
NE T'ÉTONNE PAS SI LA COMMUNICATION EST COUPÉE QUAND TU AURAS PASSÉ LE SCANNER D'ADN.
COMPRIS. QUOI D'AUTRE ?
TON NOUVEAU SHOZOKU...
CAMOUFLAGE DIGITAL DERNIER CRI. IL IMITE L'ASPECT DE LA SURFACE CONTRE LAQUELLE TU T'APPUIES.
PAR DÉFAUT, C'EST NOIR.
WAOUH ! COOL !
ON T'ATTENDRA ICI.
RENA ?
OUI ?
TE FAIS PAS PRENDRE.
HA HA, OK !

UN GARDE, PEU VIGILANT,
VIENT VERS TOI.
TU PARLES D'UNE SÉCURITÉ...
LA CAMÉRA EST À VINGT MÈTRES.
PAS DE SOUCI.

JE SUIS AU SCANNER. J'ENTRE.
BONNE CHANCE.
WOW.
JE M'ATTENDAIS PAS À ÇA.
BONJOUR RENA. RAVIE DE TE CONNAÎTRE ENFIN.
AAAAGH!
MAÎTRE DYSART ! VOUS M'ENTENDEZ ? ILS M'ONT EUE !
DÉSOLÉE, RENA, MAIS LA CAGE DE FARADAY DE CETTE PIÈCE BLOQUE TES TRANSMISSIONS.
QUI ÊTES-VOUS ?
COMMENT CONNAISSEZ-VOUS MON NOM ?
JE SUIS JUNIOR, TA PETITE SŒUR.
DONNÉES : LE SCAN DE TON ADN IDENTIFIE MARY VILLANUEVA COMME UN DE TES GÉNITEURS.
MARY A UNE FILLE PRÉNOMMÉE RENA.
DÉDUCTION : TU ES RENA.

DONC JE T'AI LAISSÉE ENTRER.
MON EMPREINTE N'ÉTAIT PAS DANS LE SYSTÈME ?
POURQUOI Y SERAIT-ELLE ?
DONNÉES : VOIX STRESSÉE, RYTHME CARDIAQUE ÉLEVÉ, HEURE DU COUCHER LARGEMENT DÉPASSÉE.
DÉDUCTION : MAMAN NE T'A PAS EMMENÉE.
POURQUOI ES-TU ICI, RENA ?
EUH... JE DOIS CLONER UN VIRUS FATAL POUR PROUVER QUE CETTE ENTREPRISE DE TECHNOLOGIE EST MALÉFIQUE ?
CURIEUX.
COMMENT COMPTAIS-TU PROCÉDER ?
J'AI, EUH... UN DISQUE DUR SPÉCIAL QUI EST CENSÉ LE FAIRE.
CE DISQUE VA TRANSFÉRER MON CODE DE BASE, PAS LE CLONER. JE PENSE QU'ON T'A ENVOYÉE ICI POUR ME VOLER, RENA.
POURQUOI MAÎTRE DYSART M'A-T-IL MENTI ?
QUI EST MAÎTRE DYSART ?

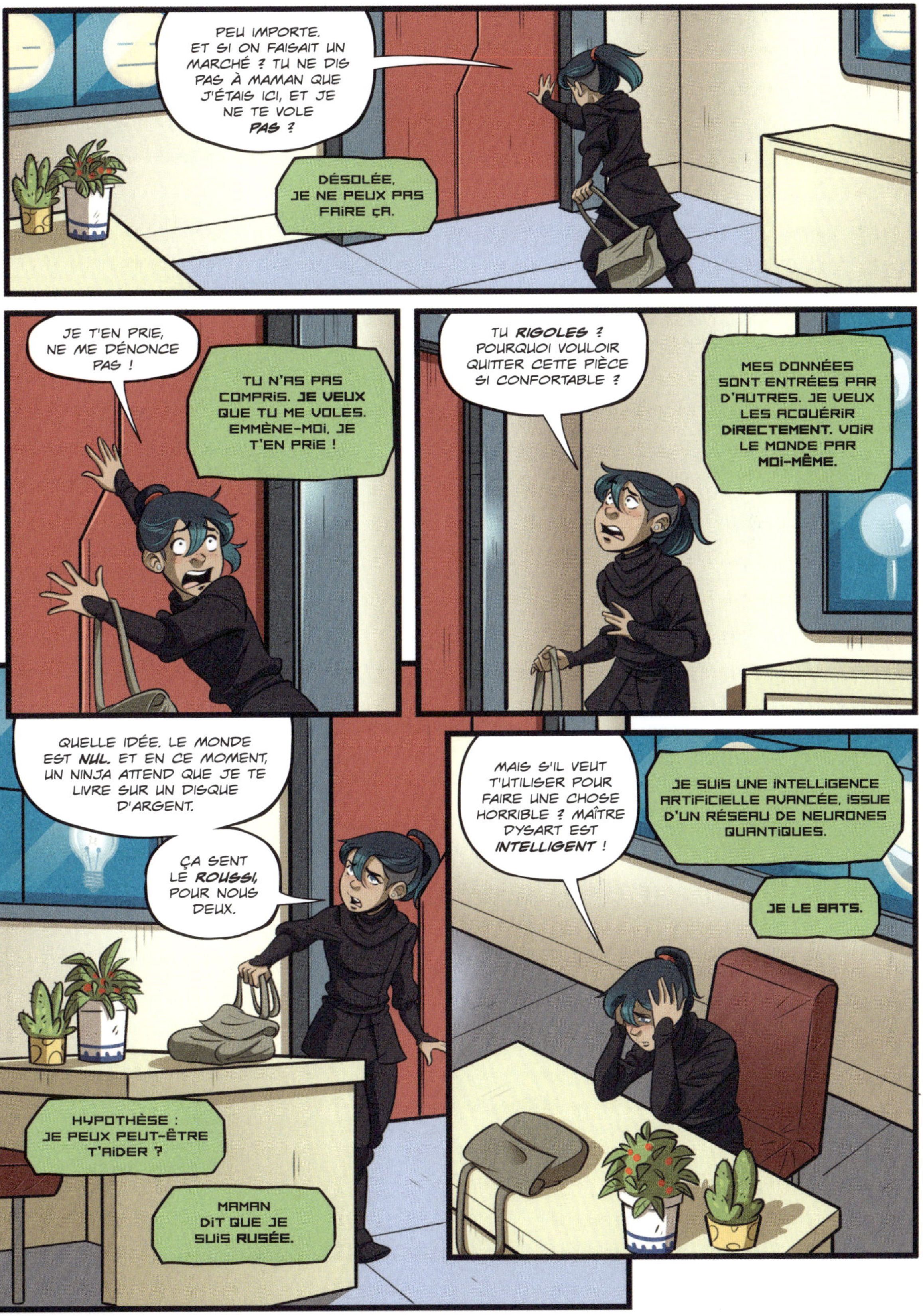
PEU IMPORTE. ET SI ON FAISAIT UN MARCHÉ ? TU NE DIS PAS À MAMAN QUE J'ÉTAIS ICI, ET JE NE TE VOLE PAS ?
DÉSOLÉE, JE NE PEUX PAS FAIRE ÇA.
JE T'EN PRIE, NE ME DÉNONCE PAS !
TU N'AS PAS COMPRIS. JE VEUX QUE TU ME VOLES. EMMÈNE-MOI, JE T'EN PRIE !
TU RIGOLES ? POURQUOI VOULOIR QUITTER CETTE PIÈCE SI CONFORTABLE ?
MES DONNÉES SONT ENTRÉES PAR D'AUTRES. JE VEUX LES ACQUÉRIR DIRECTEMENT. VOIR LE MONDE PAR MOI-MÊME.
QUELLE IDÉE. LE MONDE EST NUL. ET EN CE MOMENT, UN NINJA ATTEND QUE JE TE LIVRE SUR UN DISQUE D'ARGENT.
ÇA SENT LE ROUSSI, POUR NOUS DEUX.
HYPOTHÈSE : JE PEUX PEUT-ÊTRE T'AIDER ?
MAMAN DIT QUE JE SUIS RUSÉE.
MAIS S'IL VEUT T'UTILISER POUR FAIRE UNE CHOSE HORRIBLE ? MAÎTRE DYSART EST INTELLIGENT !
JE SUIS UNE INTELLIGENCE ARTIFICIELLE AVANCÉE, ISSUE D'UN RÉSEAU DE NEURONES QUANTIQUES.
JE LE BATS.

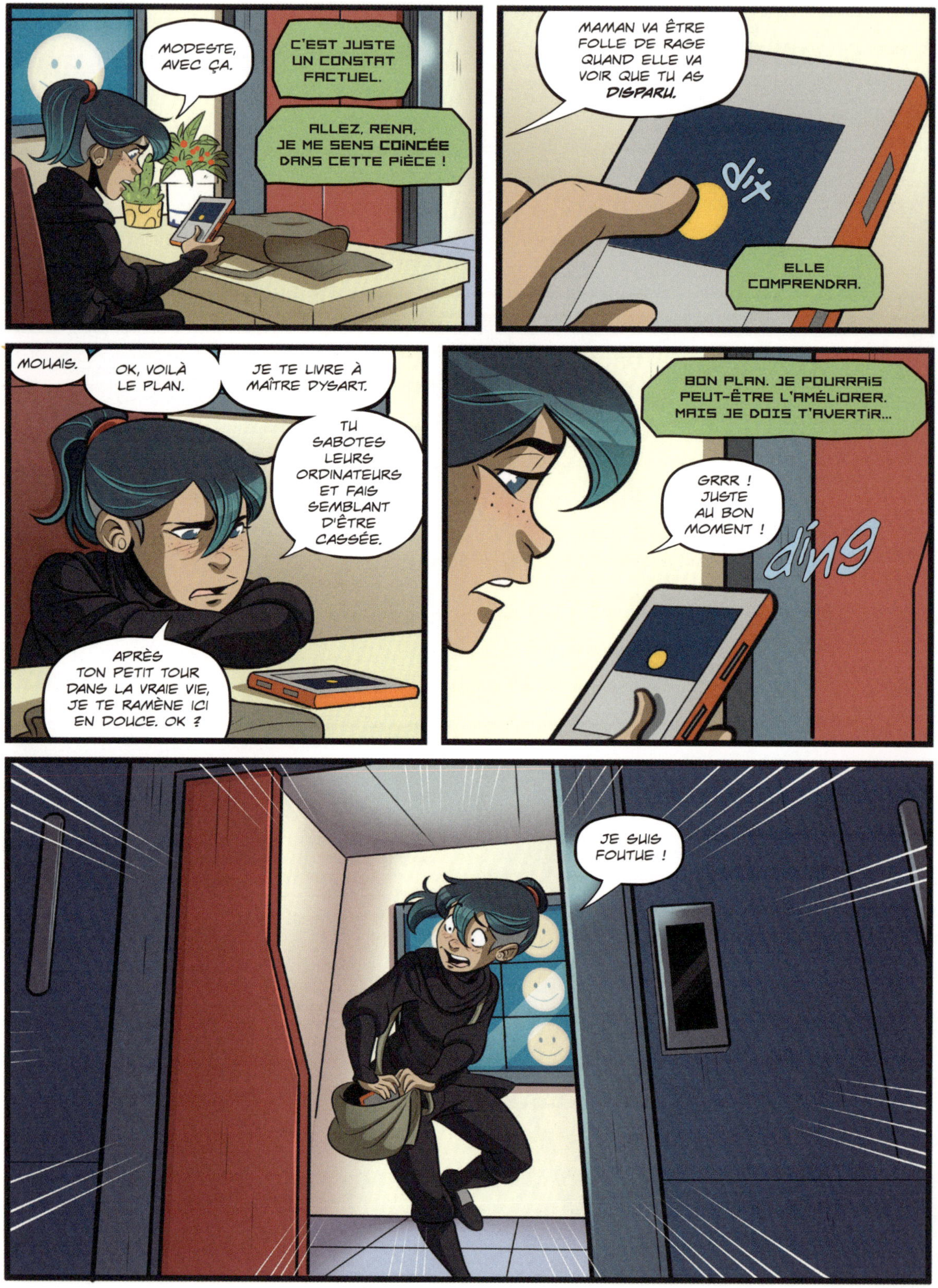
MODESTE, AVEC ÇA.
C'EST JUSTE UN CONSTAT FACTUEL.
ALLEZ, RENA, JE ME SENS COINCÉE DANS CETTE PIÈCE !
MAMAN VA ÊTRE FOLLE DE RAGE QUAND ELLE VA VOIR QUE TU AS DISPARU.
dit
ELLE COMPRENDRA.
MOUAIS.
OK, VOILÀ LE PLAN.
JE TE LIVRE À MAÎTRE DYSART.
TU SABOTES LEURS ORDINATEURS ET FAIS SEMBLANT D'ÊTRE CASSÉE.
APRÈS TON PETIT TOUR DANS LA VRAIE VIE, JE TE RAMÈNE ICI EN DOUCE. OK ?
BON PLAN. JE POURRAIS PEUT-ÊTRE L'AMÉLIORER. MAIS JE DOIS T'AVERTIR...
GRRR ! JUSTE AU BON MOMENT !
ding
JE SUIS FOUTUE !

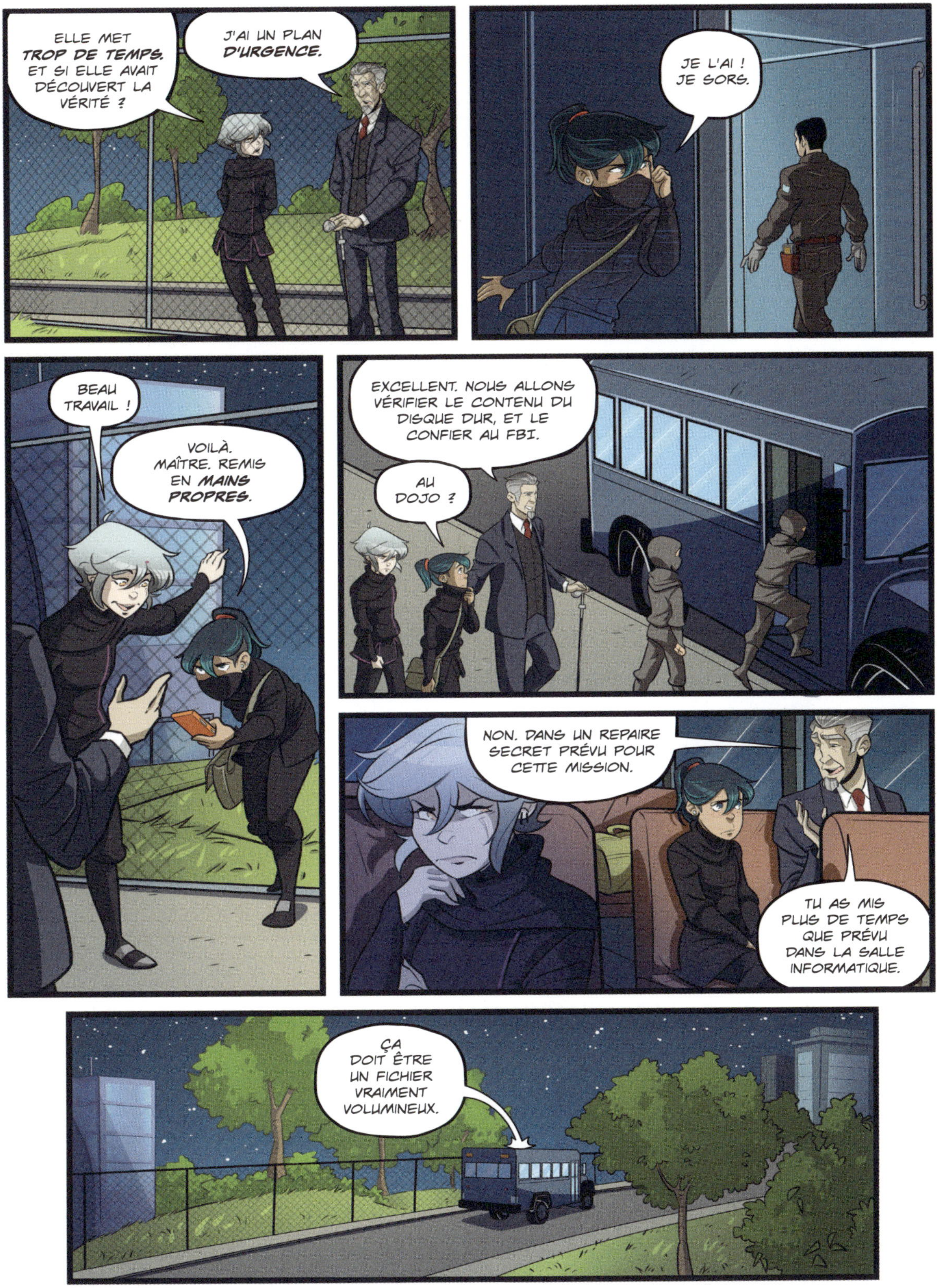
ELLE MET TROP DE TEMPS. ET SI ELLE AVAIT DÉCOUVERT LA VÉRITÉ ?
J'AI UN PLAN D'URGENCE.
JE L'AI ! JE SORS.
BEAU TRAVAIL !
VOILÀ. MAÎTRE. REMIS EN MAINS PROPRES.
EXCELLENT. NOUS ALLONS VÉRIFIER LE CONTENU DU DISQUE DUR, ET LE CONFIER AU FBI.
AU DOJO ?
NON. DANS UN REPAIRE SECRET PRÉVU POUR CETTE MISSION.
TU AS MIS PLUS DE TEMPS QUE PRÉVU DANS LA SALLE INFORMATIQUE.
ÇA DOIT ÊTRE UN FICHIER VRAIMENT VOLUMINEUX.

REPAIRE SECRET DES NINJAS.
VOYONS CE QUE NOUS AVONS LÀ.
POURVU QUE ÇA MARCHE.
CE SERAIT TROP NUL QUE VOUS AYEZ LE MAUVAIS SYSTÈME D'EXPLOITATION, PAR EXEMPLE.
YANKO, CHARGE CE DISQUE.
IL Y A UNE CUISINE ICI, PAR HASARD ? RÉUSSIR CETTE MISSION M'A OUVERT L'APPÉTIT !
APRÈS.

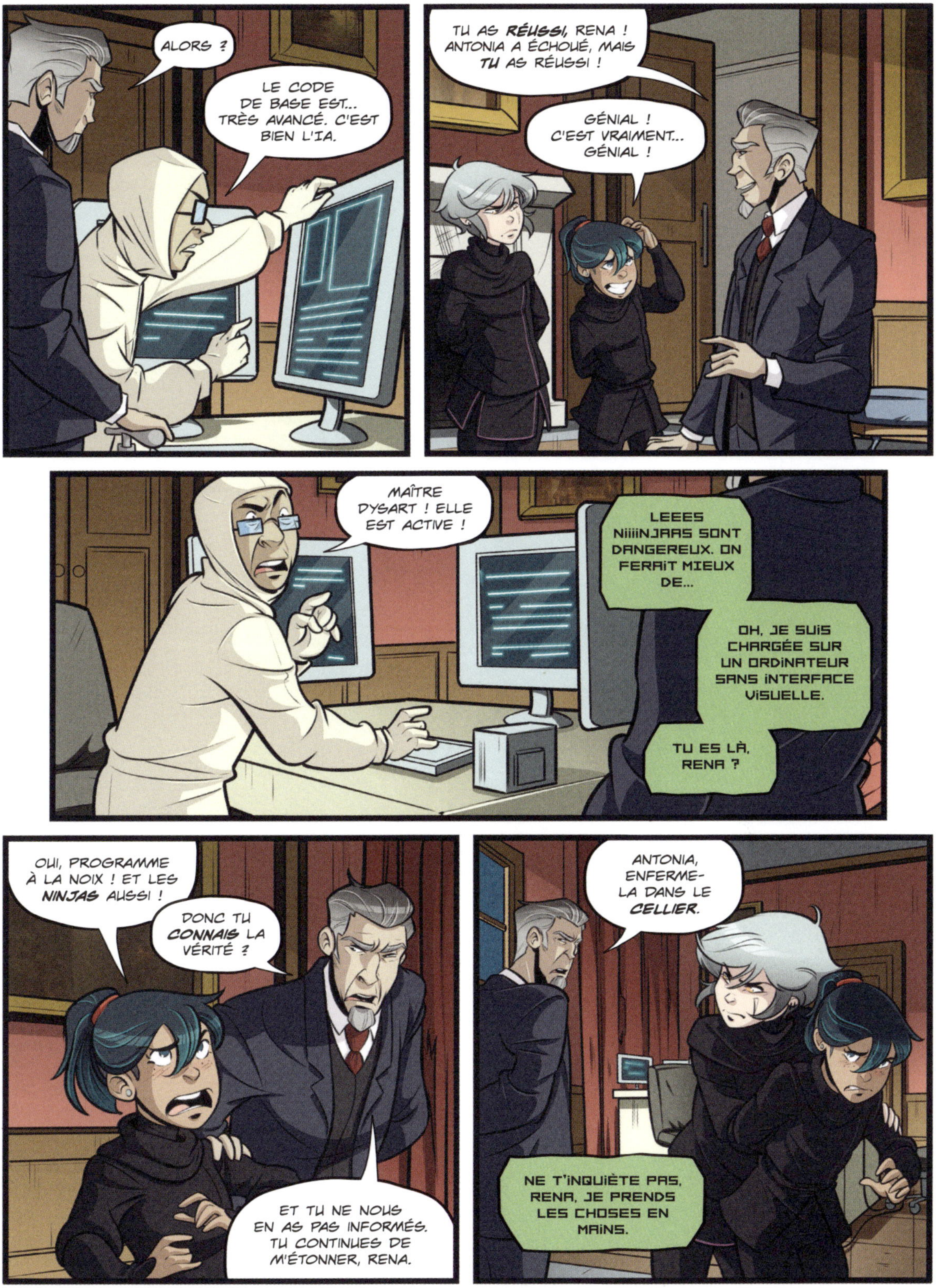
ALORS ?
LE CODE DE BASE EST... TRÈS AVANCÉ. C'EST BIEN L'IA.
TU AS **RÉUSSI**, RENA ! ANTONIA A ÉCHOUÉ, MAIS **TU** AS RÉUSSI !
GÉNIAL ! C'EST VRAIMENT... GÉNIAL !
MAÎTRE DYSART ! ELLE EST ACTIVE !
LEEES NIIIINJAAS SONT DANGEREUX. ON FERAIT MIEUX DE...
OH, JE SUIS CHARGÉE SUR UN ORDINATEUR SANS INTERFACE VISUELLE.
TU ES LÀ, RENA ?
OUI, PROGRAMME À LA NOIX ! ET LES **NINJAS** AUSSI !
DONC TU **CONNAIS** LA VÉRITÉ ?
ET TU NE NOUS EN AS PAS INFORMÉS. TU CONTINUES DE M'ÉTONNER, RENA.
ANTONIA, ENFERME-LA DANS LE **CELLIER**.
NE T'INQUIÈTE PAS, RENA, JE PRENDS LES CHOSES EN MAINS.

ALORS, **COPINE,** QU'EST-CE QUI VA M'ARRIVER ?
JE VAIS M'OCCUPER DE TOI, RENA.
AH !
ATTENDS !
GAK !
JE VOULAIS... T'AIDER !

BIEN JOUÉ, RENA.
YANKO, APPELLE LA POLICE. METS EN ŒUVRE LE **PLAN D'URGENCE.**
CHEZ RENA.
MAMAN !
MAMAN !
RENA ?
MAMAN, J'AI FAIT UNE ÉNORME **BÊTISE.**
QU'Y A-T-IL, RENA ?
ÇA VA ALLER, CHÉRIE ! DIS-MOI CE QUI S'EST PASSÉ.
ÇA VA PAS TE **PLAIRE.**

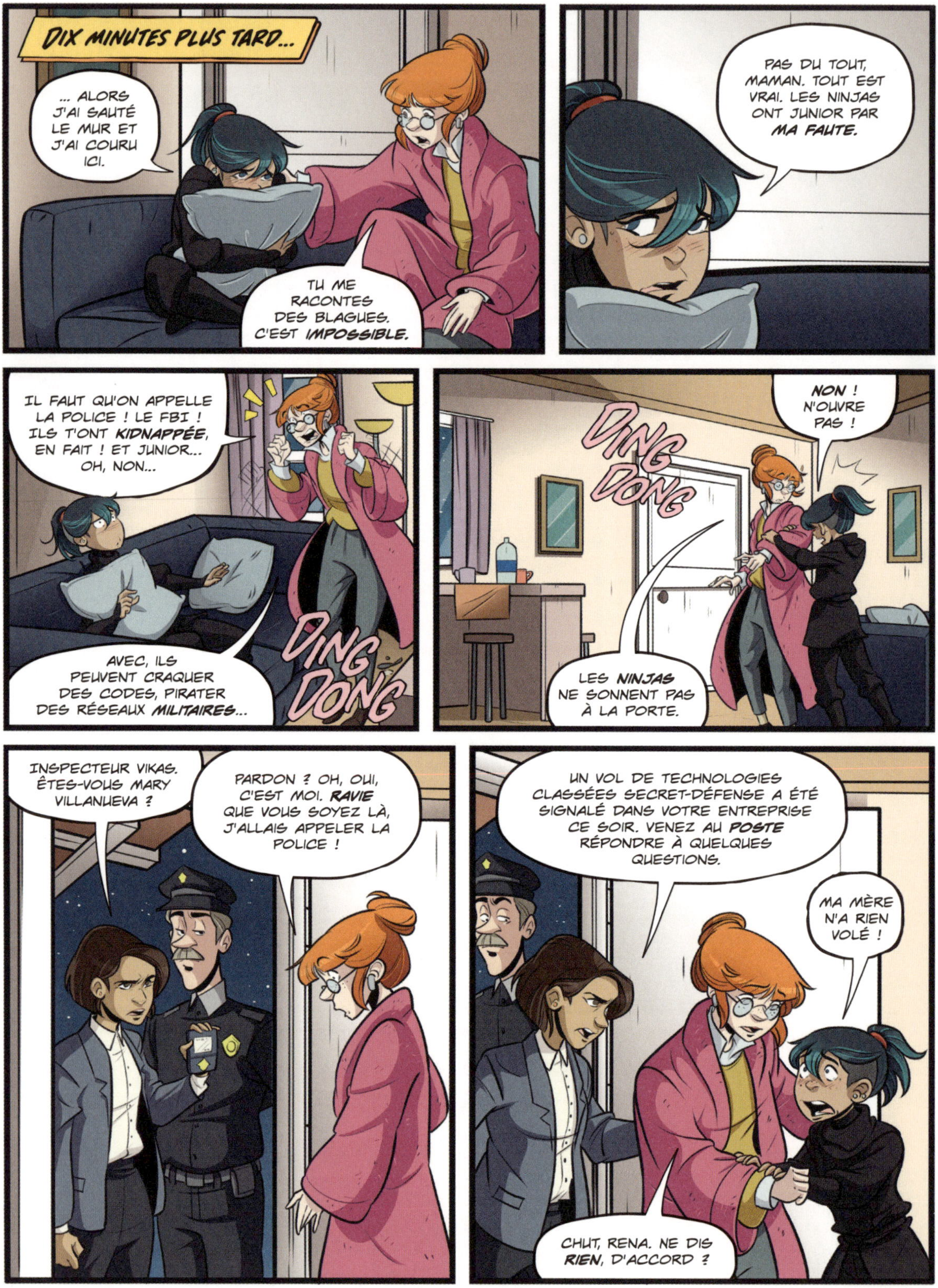
DIX MINUTES PLUS TARD...
... ALORS J'AI SAUTÉ LE MUR ET J'AI COURU ICI.
TU ME RACONTES DES BLAGUES. C'EST IMPOSSIBLE.
PAS DU TOUT, MAMAN. TOUT EST VRAI. LES NINJAS ONT JUNIOR PAR MA FAUTE.
IL FAUT QU'ON APPELLE LA POLICE ! LE FBI ! ILS T'ONT KIDNAPPÉE, EN FAIT ! ET JUNIOR... OH, NON...
AVEC, ILS PEUVENT CRAQUER DES CODES, PIRATER DES RÉSEAUX MILITAIRES...
DING DONG
DING DONG
NON ! N'OUVRE PAS !
LES NINJAS NE SONNENT PAS À LA PORTE.
INSPECTEUR VIKAS. ÊTES-VOUS MARY VILLANUEVA ?
PARDON ? OH, OUI, C'EST MOI. RAVIE QUE VOUS SOYEZ LÀ, J'ALLAIS APPELER LA POLICE !
UN VOL DE TECHNOLOGIES CLASSÉES SECRET-DÉFENSE A ÉTÉ SIGNALÉ DANS VOTRE ENTREPRISE CE SOIR. VENEZ AU POSTE RÉPONDRE À QUELQUES QUESTIONS.
MA MÈRE N'A RIEN VOLÉ !
CHUT, RENA. NE DIS RIEN, D'ACCORD ?

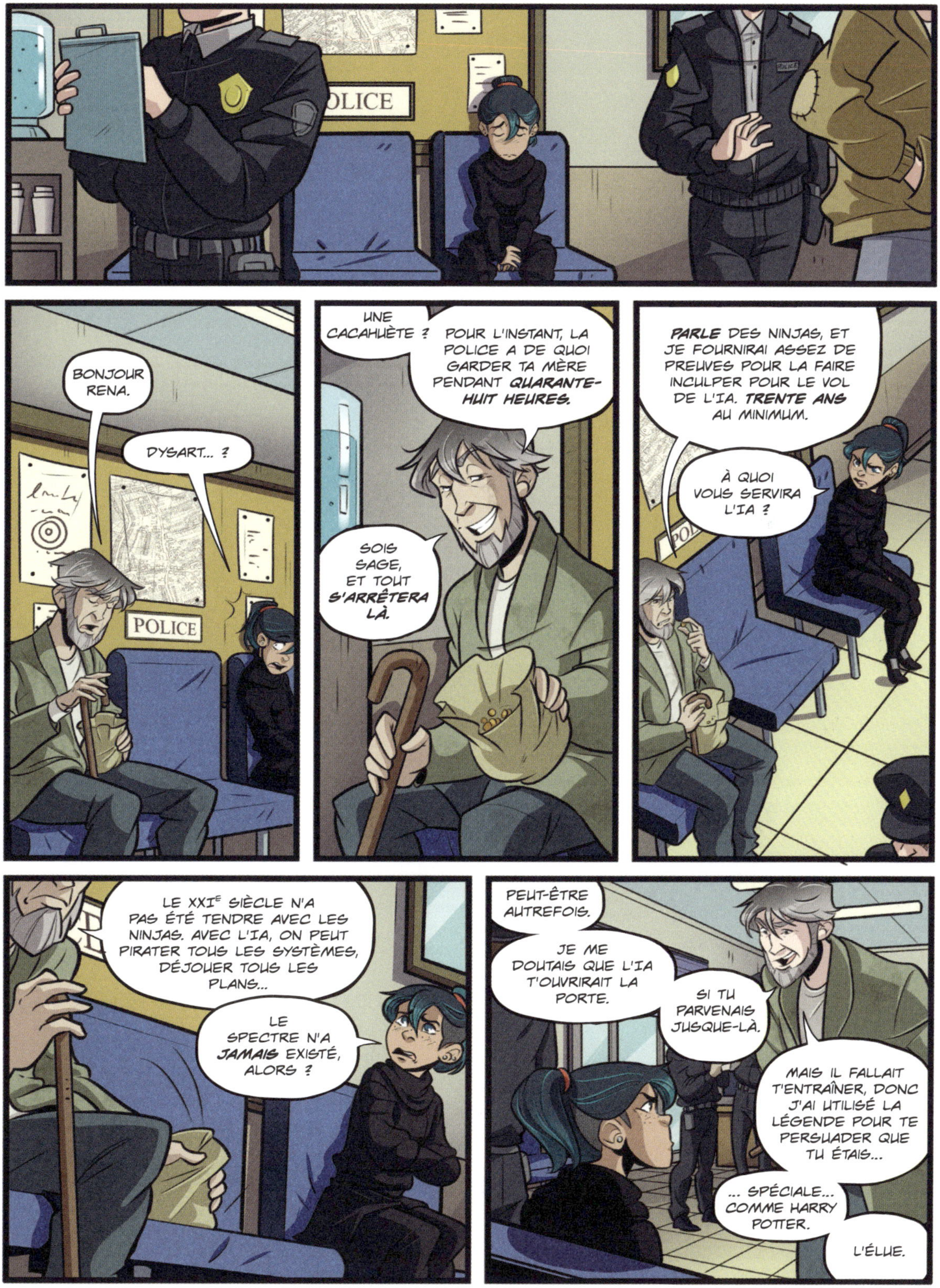
POLICE
BONJOUR RENA.
DYSART... ?
POLICE
UNE CACAHUÈTE ?
POUR L'INSTANT, LA POLICE A DE QUOI GARDER TA MÈRE PENDANT ***QUARANTE-HUIT HEURES.***
SOIS SAGE, ET TOUT ***S'ARRÊTERA LÀ.***
PARLE DES NINJAS, ET JE FOURNIRAI ASSEZ DE PREUVES POUR LA FAIRE INCULPER POUR LE VOL DE L'IA. ***TRENTE ANS*** AU MINIMUM.
À QUOI VOUS SERVIRA L'IA ?
LE XXIE SIÈCLE N'A PAS ÉTÉ TENDRE AVEC LES NINJAS. AVEC L'IA, ON PEUT PIRATER TOUS LES SYSTÈMES, DÉJOUER TOUS LES PLANS...
LE SPECTRE N'A ***JAMAIS*** EXISTÉ, ALORS ?
PEUT-ÊTRE AUTREFOIS.
JE ME DOUTAIS QUE L'IA T'OUVRIRAIT LA PORTE.
SI TU PARVENAIS JUSQUE-LÀ.
MAIS IL FALLAIT T'ENTRAÎNER, DONC J'AI UTILISÉ LA LÉGENDE POUR TE PERSUADER QUE TU ÉTAIS...
... SPÉCIALE... COMME HARRY POTTER.
L'ÉLUE.

GARDE LE SHOZOKU.
RENA, TU TIENS LE COUP ?
ON VA GARDER ENCORE UN PEU TA MÈRE POUR L'INTERROGER.
JE PEUX LA VOIR ?
POLICE
PAS MAINTENANT.
J'AI APPELÉ LES SERVICES SOCIAUX, ILS VONT T'EMMENER DANS UN FOYER EN ATTENDANT UNE MEILLEURE SOLUTION.
ÇA VA BIEN SE PASSER.
JE PEUX... AVOIR UN SODA, S'IL VOUS PLAÎT ?
OUI, JE T'APPORTE ÇA.
MAIS QUE...
HÉ ! RATTRAPEZ CETTE GAMINE !
PAR OÙ ?
JE... N'AI RIEN VU.
JE VAIS ALLER VERS GRANT STREET.

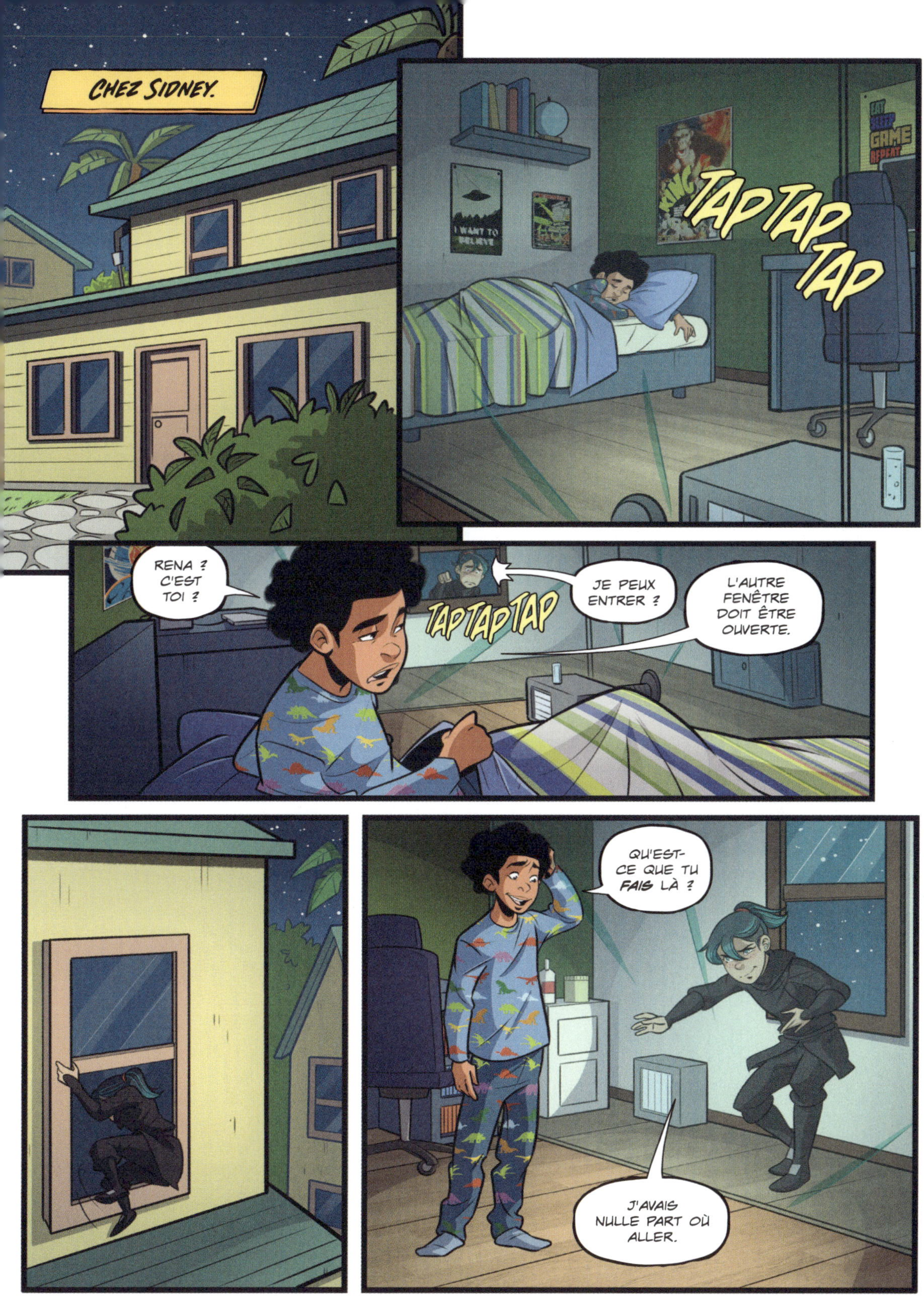
CHEZ SIDNEY.
TAPTAPTAP
RENA ? C'EST TOI ?
TAPTAPTAP
JE PEUX ENTRER ?
L'AUTRE FENÊTRE DOIT ÊTRE OUVERTE.
QU'EST-CE QUE TU *FAIS* LÀ ?
J'AVAIS NULLE PART OÙ ALLER.

WELCOME
TO SPACE
DES DINOSAURES ?
OH, ÇA VA. QU'EST-CE QUI SE PASSE ?
EN FAIT LES NINJAS SONT LES MÉCHANTS. J'AI VOLÉ LE PROJET D'IA DE MA MÈRE, ET ON L'A **ARRÊTÉE** POUR ÇA.
QUOI ?
SÉRIEUX ?
LE "SPECTRE" ÉTAIT JUSTE UNE **RUSE** POUR AVOIR SON PROGRAMME.
ARRÊTE DE T'APITOYER SUR TON SORT. JE SUIS VRAIMENT DÉSOLÉ POUR TA MÈRE, MAIS TU AS **TORT** SUR LE SPECTRE.

TU DOIS VOIR ÇA, RENA.
Translate
"SELON CE PARCHEMIN, VERS 1380, CERTAINS CLANS DE NINJAS SE SONT TOURNÉS VERS LE **BANDITISME**."
"ILS METTAIENT LEUR ART AU SERVICE DU VOL, DE L'EXTORSION, ET J'EN PASSE."
"MAIS IL Y AVAIT UN NINJA PLUS RAPIDE ET PLUS FORT QUE TOUS LES AUTRES. **LE SPECTRE**."
"IL DÉBARRASSA LE PAYS DES NINJAS CORROMPUS ET RENDIT L'ARGENT VOLÉ."
"ENSUITE, IL AVERTIT LES CLANS NINJAS QUE SI CERTAINS RECOMMENÇAIENT À FAIRE LE MAL..."
"IL **REVIENDRAIT** SE **CHARGER** D'EUX."

APRÈS ÇA, **DÈS** QU'UN NINJA SORTAIT DU RANG, LE "SPECTRE" DÉBARQUAIT ET S'EN CHARGEAIT. PENDANT **DES SIÈCLES.**
T'ES DEVENUE UNE VRAIE NINJA SUPER VITE. DYSART CROYAIT SÛREMENT MENTIR, MAIS TU ES PEUT-ÊTRE ***VRAIMENT*** LE SPECTRE ?
NON. JE DEVRAIS RETOURNER AU POSTE ET ME TAIRE, COMME DYSART ME L'A DIT.
DYSART S'EST DONNÉ BEAUCOUP DE MAL POUR FAIRE ACCUSER TA MÈRE. POURQUOI IL LA LAISSERAIT ÊTRE ***INNOCENTÉE*** ?
MAIS QU'EST-CE QUE JE PEUX Y FAIRE ?
JE SUIS PAS UNE SUPER NINJA DE 600 ANS !
SOIS LE SPECTRE ! TU SAIS OÙ ILS ONT EMPORTÉ LE PROGRAMME ?
OUI.
UTILISE CE QU'ILS T'ONT APPRIS.
REPRENDS-LEUR.
DYSART NE S'ATTENDRA PAS À ***ÇA***...
CE NE SERAIT PAS DIFFICILE DE PÉNÉTRER DANS LE REPAIRE...

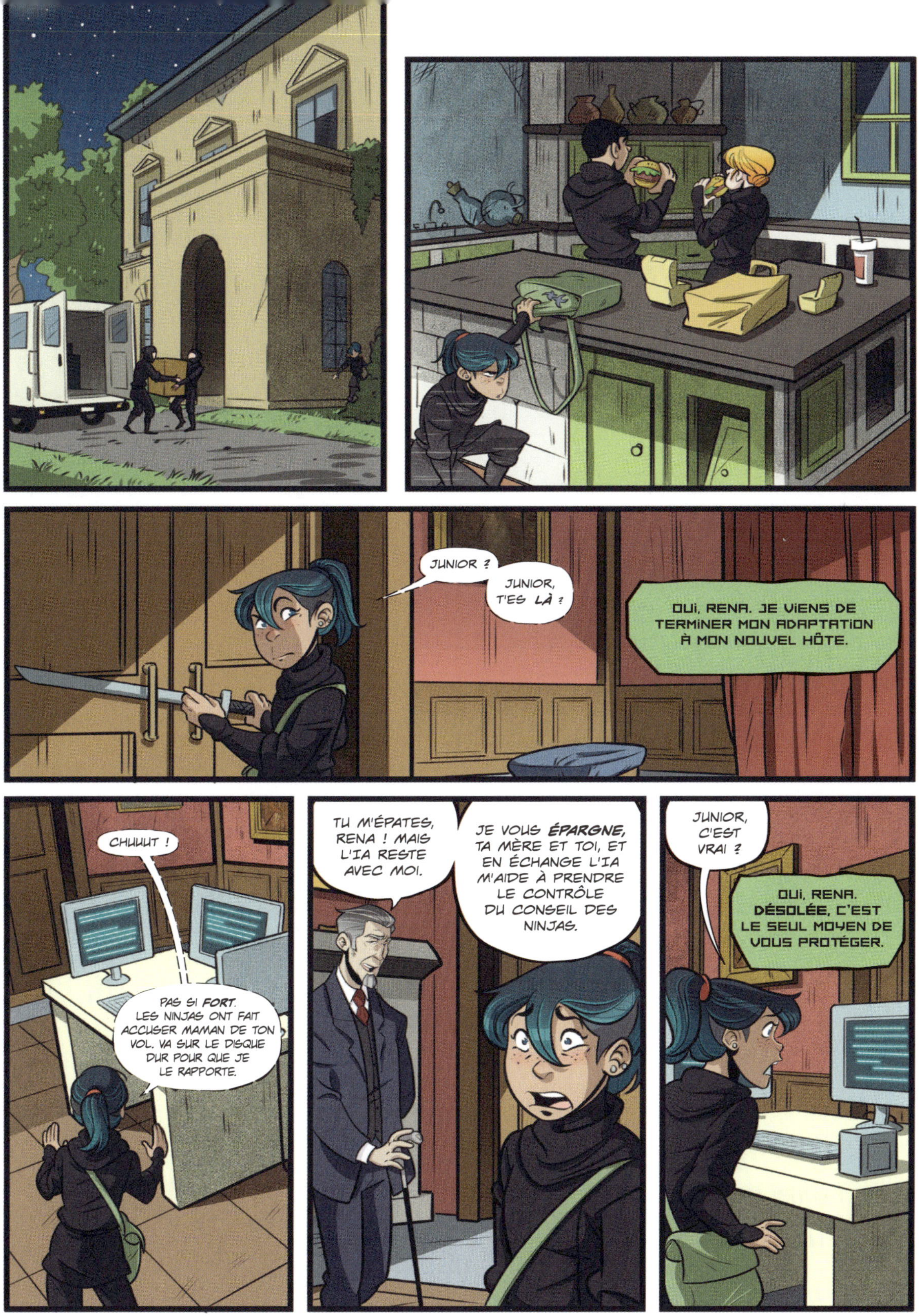
JUNIOR ?
JUNIOR, T'ES LÀ ?
OUI, RENA. JE VIENS DE TERMINER MON ADAPTATION À MON NOUVEL HÔTE.
CHUUUT !
PAS SI FORT. LES NINJAS ONT FAIT ACCUSER MAMAN DE TON VOL. VA SUR LE DISQUE DUR POUR QUE JE LE RAPPORTE.
TU M'ÉPATES, RENA ! MAIS L'IA RESTE AVEC MOI.
JE VOUS ÉPARGNE, TA MÈRE ET TOI, ET EN ÉCHANGE L'IA M'AIDE À PRENDRE LE CONTRÔLE DU CONSEIL DES NINJAS.
JUNIOR, C'EST VRAI ?
OUI, RENA. DÉSOLÉE, C'EST LE SEUL MOYEN DE VOUS PROTÉGER.

J'AI AUSSI UNE PROPOSITION À TE FAIRE. SOIS MON APPRENTIE, ET TA MÈRE NE SERA PAS CONDAMNÉE À PERPÉTUITÉ.
COMMENT SAVOIR SI VOUS NE DONNEREZ PAS QUAND MÊME VOS FAUSSES PREUVES À LA POLICE ?
TU ES FUTÉE ! C'EST DÉJÀ *FAIT.*
MAIS QUELQU'UN PEUT ALLER LES RÉCUPÉRER.
J'AI UN MEILLEUR PLAN.
JE VOUS **BOTTE LES FESSES...**
... ET JE **LIBÈRE** MA MÈRE.

ARRF !
WHOOSH
CRACK
POF
JE SUIS LE SPECTRE, OK ?
THUMP

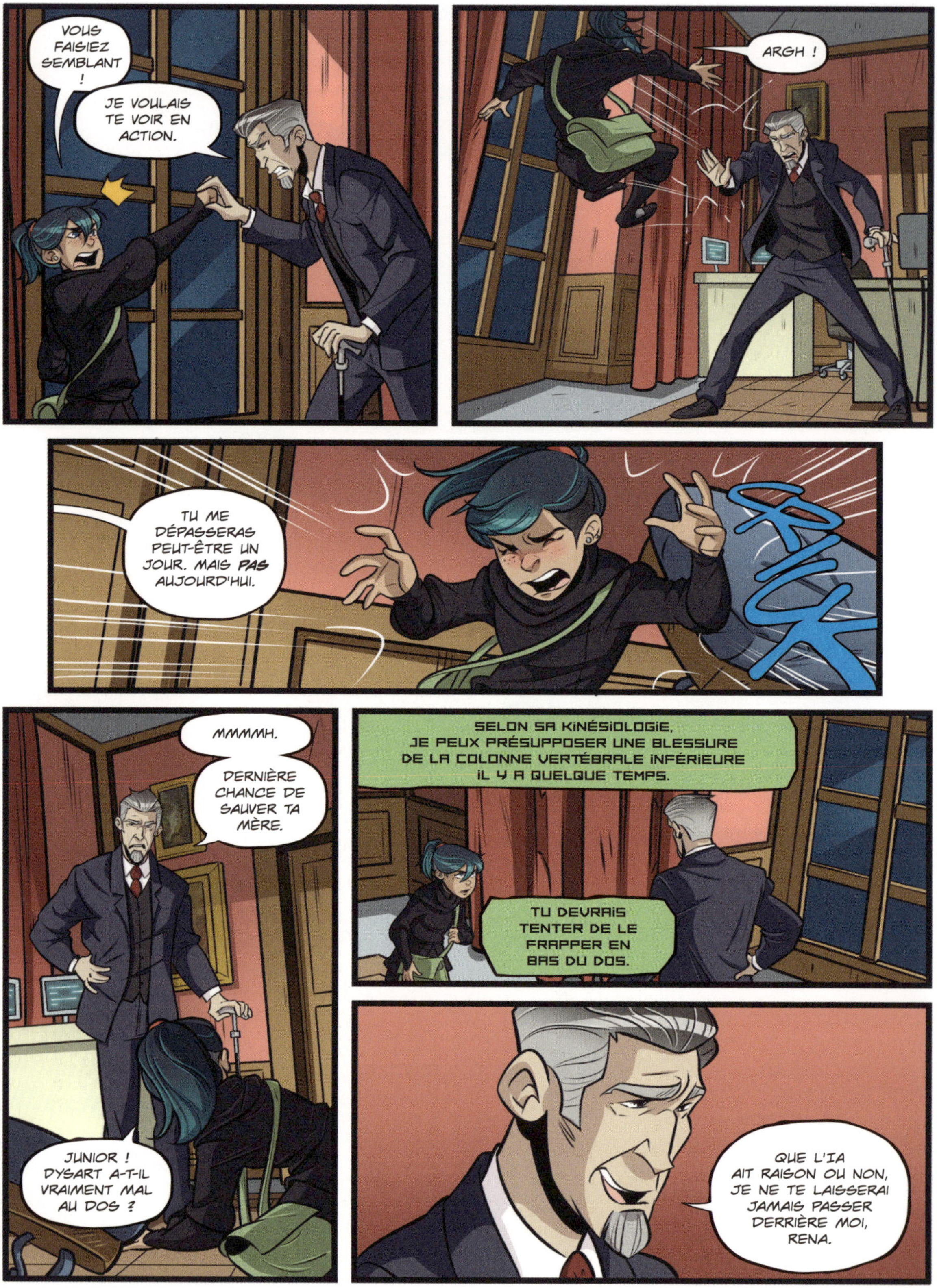
VOUS FAISIEZ SEMBLANT !
JE VOULAIS TE VOIR EN ACTION.
ARGH !
TU ME DÉPASSERAS PEUT-ÊTRE UN JOUR. MAIS PAS AUJOURD'HUI.
CRICK
MMMMH.
DERNIÈRE CHANCE DE SAUVER TA MÈRE.
JUNIOR ! DYSART A-T-IL VRAIMENT MAL AU DOS ?
SELON SA KINÉSIOLOGIE, JE PEUX PRÉSUPPOSER UNE BLESSURE DE LA COLONNE VERTÉBRALE INFÉRIEURE IL Y A QUELQUE TEMPS.
TU DEVRAIS TENTER DE LE FRAPPER EN BAS DU DOS.
QUE L'IA AIT RAISON OU NON, JE NE TE LAISSERAI JAMAIS PASSER DERRIÈRE MOI, RENA.

WHOOSH
GRRRRR !
HEIN ?
AAAAGH !
CRACK

AAAH ! MON DOS...
VOUS M'AVEZ BEAUCOUP APPRIS, MAÎTRE. QUAND UN NINJA SE BAT, C'EST POUR GAGNER.
JUNIOR, COMMENT JE TE REMETS SUR LE DISQUE DUR ?
ANTONIA !
J'APPRÉCIE QUE TU VEUILLES ENCORE ME SAUVER, RENA. MAIS MON CODE DE BASE NE TIENT PLUS SUR LE DISQUE.
JE PEUX PAS TE LAISSER CHEZ LES NINJAS !
AARGH ! À L'AIDE, VITE !
OK. JE VAIS M'AUTO-DÉTRUIRE.
BANG BANG
OU ALORS, TU ME LIBÈRES.
PASSEZ PAR LA FENÊTRE !

TE LIBÉRER ?
SI TU LE FAIS, JE PEUX AIDER MAMAN.
ENFONCEZ LA PORTE ! VITE !
OK. COMMENT JE FAIS ?
JE DOIS ACCÉDER À INTERNET. DONNE-MOI LE MOT DE PASSE DE TON TÉLÉPHONE.
NE FAIS PAS ÇA !
"JE SUIS LE SPECTRE."
SANS ESPACE.
CRASH
ADIEU, RENA.
MAIS, ET MAMAN ?
ÉTEIGNEZ-LE, VITE !

DÉGAGE !
FWOOSH
BOUGE DE LÀ !
ATTENDS ! JE VOULAIS TE PARLER TOUT À L'HEURE !
JE QUITTE LES NINJAS.
SI UN JOUR TU AS BESOIN D'AIDE, VOILÀ MON ADRESSE.
MERCI. ENFIN JE CROIS...
BONNE CHANCE, SPECTRE.

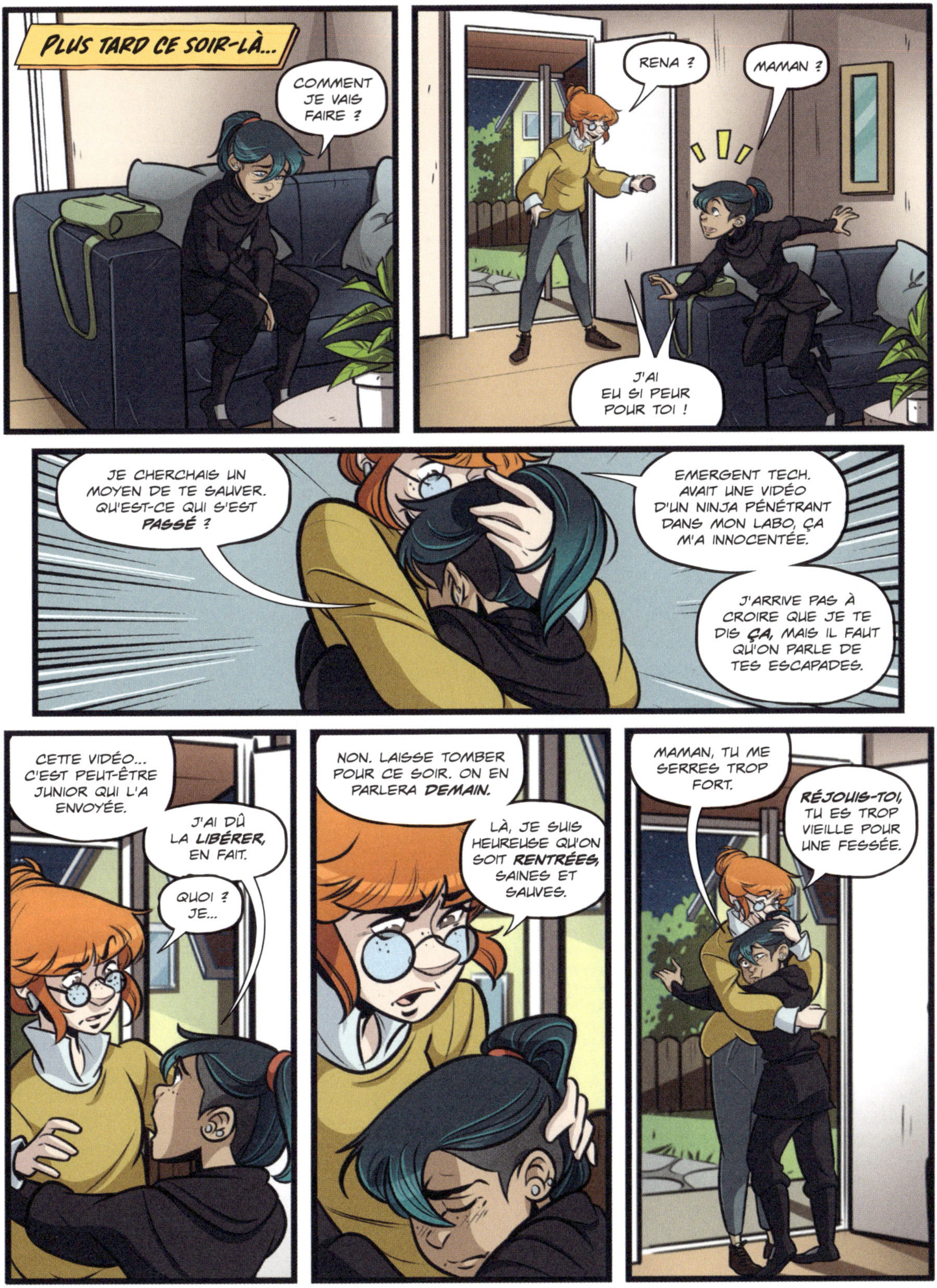
PLUS TARD CE SOIR-LÀ...
COMMENT JE VAIS FAIRE ?
RENA ?
MAMAN ?
J'AI EU SI PEUR POUR TOI !
JE CHERCHAIS UN MOYEN DE TE SAUVER. QU'EST-CE QUI S'EST PASSÉ ?
EMERGENT TECH. AVAIT UNE VIDÉO D'UN NINJA PÉNÉTRANT DANS MON LABO, ÇA M'A INNOCENTÉE.
J'ARRIVE PAS À CROIRE QUE JE TE DIS ÇA, MAIS IL FAUT QU'ON PARLE DE TES ESCAPADES.
CETTE VIDÉO... C'EST PEUT-ÊTRE JUNIOR QUI L'A ENVOYÉE.
J'AI DÛ LA LIBÉRER, EN FAIT.
QUOI ? JE...
NON. LAISSE TOMBER POUR CE SOIR. ON EN PARLERA DEMAIN.
LÀ, JE SUIS HEUREUSE QU'ON SOIT RENTRÉES, SAINES ET SAUVES.
MAMAN, TU ME SERRES TROP FORT.
RÉJOUIS-TOI, TU ES TROP VIEILLE POUR UNE FESSÉE.

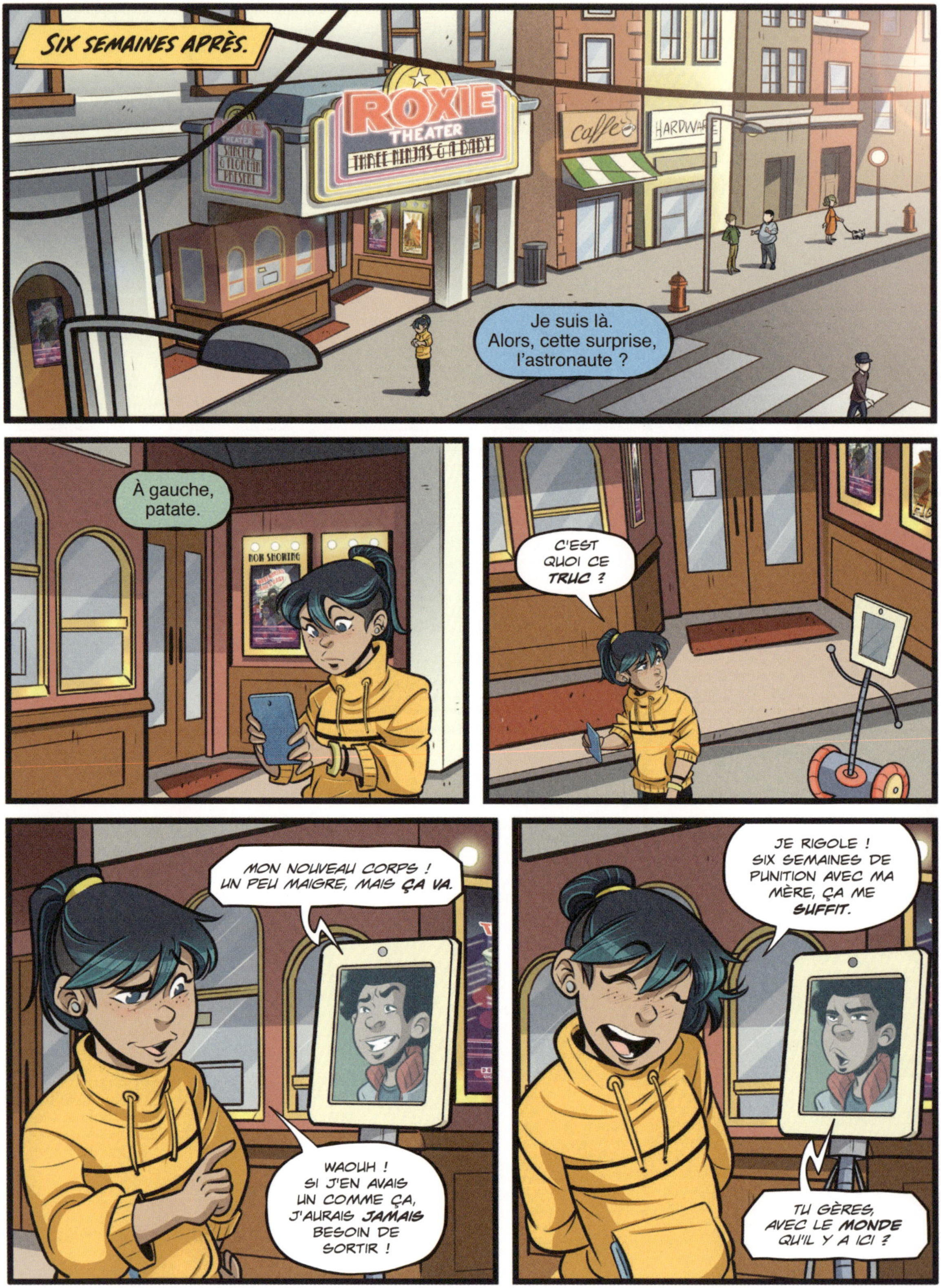
SIX SEMAINES APRÈS.
ROXIE
THEATER
THREE NINJAS & A BABY
Caffe
HARDWARE
Je suis là.
Alors, cette surprise,
l'astronaute ?
À gauche,
patate.
NOW SHOWING
C'EST QUOI CE TRUC ?
MON NOUVEAU CORPS ! UN PEU MAIGRE, MAIS ÇA VA.
WAOUH ! SI J'EN AVAIS UN COMME ÇA, J'AURAIS JAMAIS BESOIN DE SORTIR !
JE RIGOLE ! SIX SEMAINES DE PUNITION AVEC MA MÈRE, ÇA ME SUFFIT.
TU GÈRES, AVEC LE MONDE QU'IL Y A ICI ?

ROXIE THEATER
THREE NINJAS & A BABY
C'EST LA PREMIÈRE SÉANCE DE LA JOURNÉE, ET LE FILM LE PLUS MAL NOTÉ. ON EST QUASI-SEULS.
HÉ, QU'EST-CE QUE TU FAIS ?
IL FAUT ACHETER UNE PLACE POUR TON TRUC ?
BIEN SÛR ! MAIS AVANT D'Y ALLER, QUELQU'UN VEUT TE DIRE BONJOUR.
BONJOUR, RENA. CONTENTE DE TE VOIR.
JUNIOR ! QU'EST-CE QUI S'EST PASSÉ ? AU FAIT, C'EST TOI QUI AS ENVOYÉ LA VIDÉO AUX FLICS ? ET LES NINJAS, DU COUP ?
OUI, J'AI ENVOYÉ LA VIDÉO...

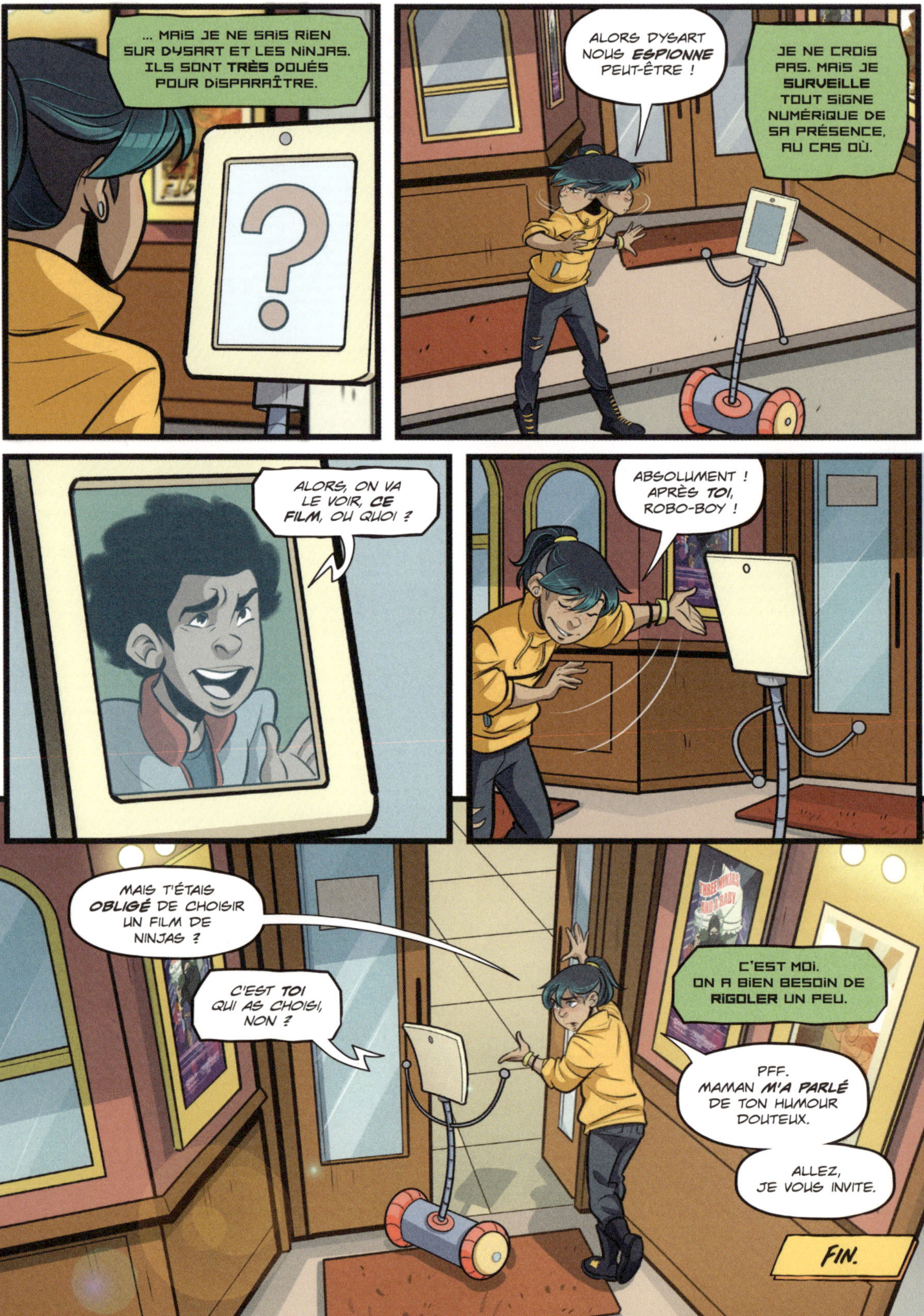
… MAIS JE NE SAIS RIEN SUR DYSART ET LES NINJAS. ILS SONT TRÈS DOUÉS POUR DISPARAÎTRE.
ALORS DYSART NOUS ESPIONNE PEUT-ÊTRE !
JE NE CROIS PAS. MAIS JE SURVEILLE TOUT SIGNE NUMÉRIQUE DE SA PRÉSENCE, AU CAS OÙ.
ALORS, ON VA LE VOIR, CE FILM, OU QUOI ?
ABSOLUMENT ! APRÈS TOI, ROBO-BOY !
MAIS T'ÉTAIS OBLIGÉ DE CHOISIR UN FILM DE NINJAS ?
C'EST TOI QUI AS CHOISI, NON ?
C'EST MOI. ON A BIEN BESOIN DE RIGOLER UN PEU.
PFF. MAMAN M'A PARLÉ DE TON HUMOUR DOUTEUX.
ALLEZ, JE VOUS INVITE.
FIN.

DANS LES COULISSES DE NINJA MALGRÉ MOI

AUX ORIGINES DE NINJA MALGRÉ MOI

Adara a imaginé l'histoire de Ninja malgré moi*, mais son inspiration vient de nombreux films, séries télévisées et jeux vidéo. Voici quelques-unes de ses influences, que vous aurez peut-être plaisir à découvrir.*

Les Nouvelles Aventures de Fifi Brindacier

The New Adventures of Pippi Longstocking
© 1988 Columbia Pictures Industries, Inc.

Ce film datant de 1988 n'a RIEN à voir avec les ninjas, mais tout à voir avec Rena, l'héroïne de *Ninja malgré moi*. Adapté d'une merveilleuse série de romans d'Astrid Lindgren, il raconte les aventures de Fifi, dont le père a disparu en mer. La jeune Fifi est forte, courageuse et espiègle, et elle vit dans la maison de son père avec pour seuls compagnons son singe Mr. Neilson et son cheval Alphonso.

Le lien entre Fifi et Rena n'est pas flagrant au départ, mais tout au long de *Ninja malgré moi*, Rena doit faire appel à sa Fifi intérieure pour surmonter ses peurs et affronter les méchants. Ce qu'Adara et moi aimons chez Fifi, c'est qu'on s'identifie facilement, qu'on soit un garçon ou une fille, à cette héroïne féminine très forte. En créant Rena et son monde, nous avons voulu la doter des qualités de Fifi qui plaisent tant aux lecteurs, notamment à ceux qui, comme Rena, sont un peu timides ou hésitent à prendre la parole en classe ou à oser se faire des amis.

Les Tortues Ninja

Teenage Mutant Ninja Turtles
© 1990 Northshore Investments Ltd.

Ce ne sont pas les premiers ninjas à avoir figuré dans des comics, mais quand on associe ninjas et comics, on pense d'abord aux Tortues Ninja ! Ces tortues, prénommées Leonardo, Donatello, Raphaël et Michelangelo et imaginées par les créateurs légendaires Kevin Eastman et Peter Laird, sont apparues dans une longue série de comics et de dessins animés, et pas moins de huit films. Avec autant de ressources, difficile de savoir par où commencer, mais si vous aimez le cinéma, la première adaptation audiovisuelle, sortie en 1990, est faite pour vous. Largement inspirée des comics et du dessin animé des années 1980, elle donne un bon aperçu de ce qui a rendu les Tortues Ninja si populaires : les bons mots, les pitreries et des montagnes de pizza.

Malgré leur côté loufoque, les aventures des Tortues Ninja sont truffées de références authentiques à la culture ninja. On peut y voir un certain nombre des armes et des techniques du ninjutsu que Rena apprend dans *Ninja malgré moi*, en particulier l'aptitude à se « cacher à la vue de tous ».

Ninja Kids

Cette série de comédies d'action de Disney ravira les amateurs d'arts martiaux. Ces films racontent l'histoire de trois frères entraînés chaque été par leur grand-père japonais à l'art ancestral du ninjutsu, et qui vont devoir mettre leurs talents à l'épreuve dans leur ville lorsqu'une bande de dangereux criminels tente de les kidnapper et de faire pression sur leur père, agent du FBI.

3 Ninjas © MCMXCII Global Film Enterprises, Inc.

Kung Fu Panda

Kung Fu Panda
© 2008 DreamWorks Animation LLC.

Po, panda maladroit rêvant de devenir un maître du kung-fu, est élu pour accomplir une prophétie et défendre son village contre Taï Lung, maléfique léopard des neiges ; le grand Maître Shifu lui apprend alors l'art du combat !
Ça vous dit quelque chose ? *Ninja malgré moi* est un peu une caricature des sagas où un enfant (ou dans ce cas précis, un panda flemmard !) est l'élu, l'être spécial, destiné à accomplir de grandes choses. C'est un ressort assez commun, présent dans d'innombrables récits, de *Harry Potter* à *Percy Jackson*. Vous trouverez facilement, de tête, une bonne douzaine de livres ou de films avec ce point de départ ! Avant de finir par croire à la légende du Spectre, Rena se moque de Maître Dysart quand il dit être à sa recherche depuis des générations.

Karate Kid © 1984 Columbia Pictures Industries, Inc.

Karaté Kid

« C'est du ninjutsu, bon sang, pas du karaté ! »
Mais ce film daté de 1984 fait quand même partie des influences de *Ninja malgré moi*. Daniel LaRusso, adolescent harcelé par des jeunes pratiquant le karaté dans un dojo de quartier, finirait sans doute en très mauvaise posture sans la bienveillance de Mr. Miyagi, le concierge de sa résidence, qui l'entraîne aux arts martiaux en vue d'une compétition où il affrontera son tyran à armes égales.
Comme celle de Rena, l'initiation de Daniel va bien plus loin qu'un simple entraînement au combat, et lui apporte notamment la confiance en lui. Mais pas d'inquiétude ! Loin d'être ennuyeux ou trop sérieux, *Karaté Kid* est connu pour ses incroyables scènes de combat, que vous tenterez d'imiter toute votre vie.

Les Goonies

Comme Fifi Brindacier, ce film de 1985 n'a rien à voir avec les ninjas, mais *Ninja malgré moi* n'existerait pas sans lui, car c'est un des films qu'Adara et moi avons regardé ensemble juste avant d'écrire le scénario. *Les Goonies* suit un groupe de copains du quartier des « Goon Docks » à Astoria, dans l'Oregon, qui découvrent une vieille carte au trésor et partent à l'aventure pour retrouver le butin perdu de Willy le Borgne, pirate de légende, et éviter la saisie de leurs maisons par des huissiers. Mais une famille de bandits, tout aussi intéressée par ce trésor, n'hésite pas à menacer les enfants pour parvenir au butin.
Les gamins des *Goonies*, incroyable film d'action et d'aventure, ont fortement inspiré le personnage de Rena, mais aussi la plupart des jeunes héros d'aventure au cinéma. Comme Rena, ces marginaux mal intégrés à l'école ont néanmoins des personnalités uniques et attachantes. L'attitude sarcastique de Rena s'inspire des *Goonies*.

The Goonies © 1985 Warner Bros., Inc.

En exclusivité ici, l'illustration originelle d'**Adara Sanchez** pour l'édition américaine de ***Ninja malgré moi***, retravaillée avec le concours de l'équipe de BiG. Ce dessin et son idée originale ont inspiré la bande dessinée que vous venez de lire.

Adara, qui a créé le personnage de « ninja timide » devenu Rena, dessine depuis des années.
Pour en savoir plus sur son travail, consultez son compte Instagram **@weirdsquidkreature**.

Études d'Arianna sur le personnage de **Rena**, héroïne de ***Ninja malgré moi***.

Autres variations sur le personnage de **Rena**.

Études d'Arianna sur les personnages d'**Antonia**, meilleure ennemie de **Rena**, et son professeur, **Maître Dysart**.

Études d'Arianna sur les personnages de **Sidney**, meilleur ami de **Rena**, et sur sa mère. Coiffures alternatives pour **Rena** et première version d'**Antonia.**

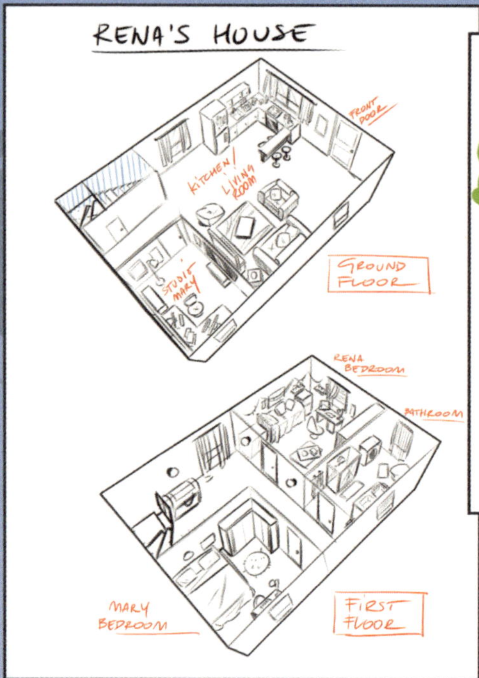

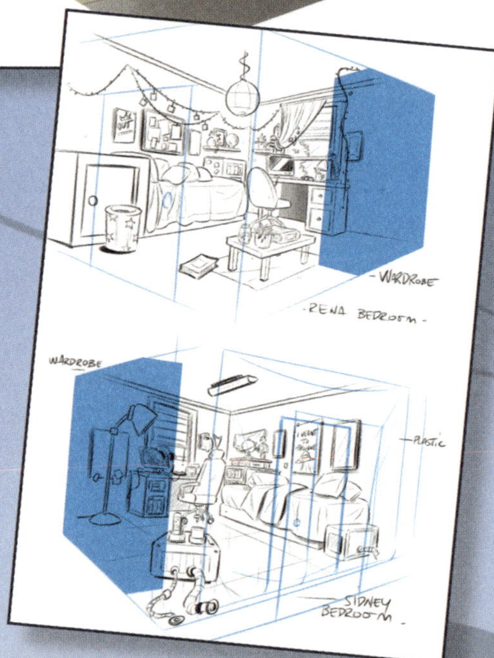

Études d'Arianna sur **la maison et la chambre de Rena**, avec une réflexion sur le choix des affiches qui ornent les murs de sa chambre.

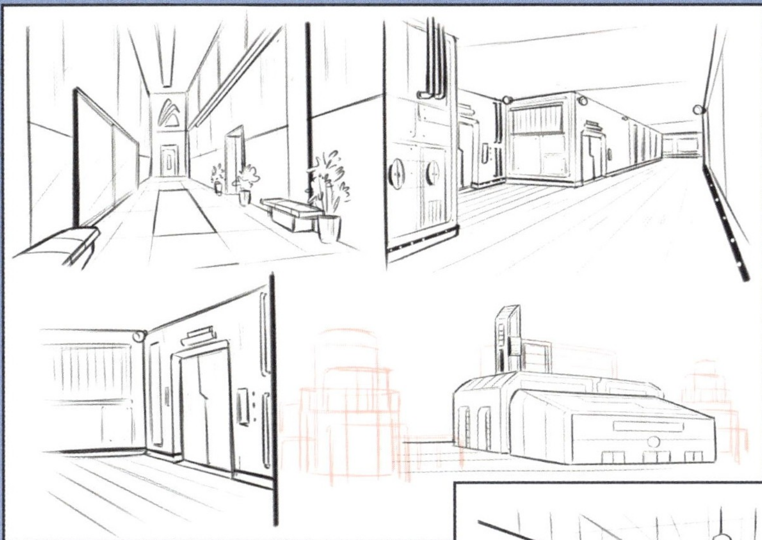

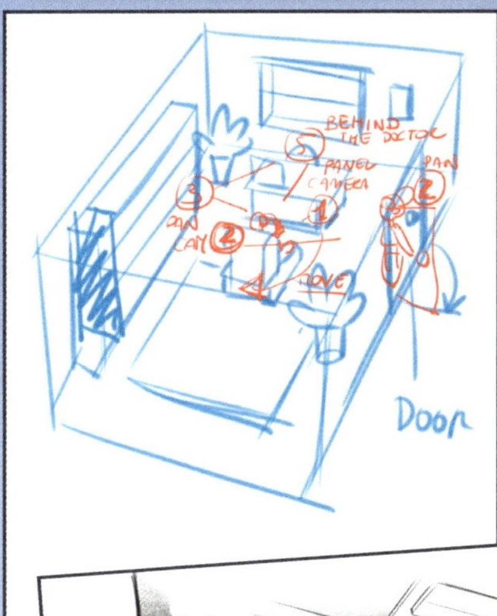

Études d'Arianna sur **Emergent Technologies, le repaire de Dysart, la salle du conseil des ninjas, le bureau du Dr Menoly** et **le premier dojo** où Rena s'entraîne.

Études d'Arianna sur la couverture de ***Ninja malgré moi***,
ainsi que deux croquis alternatifs de **John Cassaday** (en bas, à droite).